자전거에
책 한 권 담고
페달을 밟는다

자전거에
책 한 권 담고
페달을 밟는다

초판 1쇄 인쇄 _ 2020년 7월 15일
초판 1쇄 발행 _ 2020년 7월 20일

지은이 _ 박현정

펴낸곳 _ 바이북스
펴낸이 _ 윤옥초
책임 편집 _ 김태윤
책임 디자인 _ 이민영

ISBN _ 979-11-5877-183-6 03810

등록 _ 2005. 7. 12 | 제 313-2005-000148호

서울시 영등포구 선유로49길 23 아이에스비즈타워2차 1005호
편집 02)333-0812 | 마케팅 02)333-9918 | 팩스 02)333-9960
이메일 postmaster@bybooks.co.kr
홈페이지 www.bybooks.co.kr

미래를 함께 꿈꿀 작가님의 참신한 아이디어나 원고를 기다립니다.
이메일로 접수한 원고는 검토 후 연락드리겠습니다.

자전거에
책 한 권 담고
페달을 밟는다

박현정 지음

바이북스
ByBooks

오전 진료가 잡힌 날은 무조건 서둘러야 한다. 역에서 첫 차를 타는데 주로 KTX다. 기차는 빨리 달린다. 여름에는 상쾌한, 겨울에는 차가운 새벽 공기를 뚫고 옆도 뒤도 안 보고 앞만 보고 달린다. 새벽부터 서두르느라 잠을 설친 나도 잠시 속도에 기대어 눈을 붙여본다. 잠을 청하기에 의자는 여전히 불편하다.

오후에 진료가 잡힌 날은 훨씬 여유롭다. 주로 무궁화호가 잡힌다. 난 개인적으로 무궁화호를 좋아한다. 기차는 낡고 고급도 아니지만, 널찍한 통로에 TV도 없고 무엇보다 의자가 편안하다. 스르르 잠이 들어 머리가 넘어가도, 의자 양 옆의 넉넉한 '윙'이 머리를 안정적으로 받쳐 준다. 타 고급 열차보다도 훨씬 편안하다. 남편은 '에구 촌닭…'이라며 놀리지만 촌닭이든 도시 닭이든 각자 자기에게 맞는 안락한 둥지를 찾는 건 당연한 것 아닌가?

　KTX나 SRT 기차는 바깥 풍경 감상을 무시하고 달린다. 먼 풍경은 잘 보이지만 가까운 풍경은 가로줄이 직직 그어져 보이며, 뭉개진 풍경만을 선사한다. 그런 점도 무궁화가 훨씬 낫다. 계절이 바뀌는 순간을 조금 선명하게 볼 수 있다. 벚꽃이 지고 신록이 짙어지면, 날씨만큼 열정적인 짙고 화려한 여름 들꽃들이 피어 있다. 불과 얼마 지나지 않은 어느 날엔 그 꽃들이 다 지고 보랏빛 들국화와 코스모스가 가을을 데려온다. 가을 아침 밀양역을 지날 즈음, 하얗게 피어나는 물안개를 실제로 보았다. 몸이 아픈 덕에 삶의 구석구석에 숨어 있던 멋진 장면들을 보니 이것도 행복이라면 행복이다.

　이전부터 나는 이런 감동을 받으면 꼭 글로 쓰곤 했다. 생각만으로 머릿속에 남겨 두었다가 망각해버리는 것이 너무 아까웠다. 마치 내 아이들의 어리고 사랑스럽던 순간을 사진으로 담아두지 못하면 두고두고 아쉬운 것과 같은 것이다. 그것이 하나, 둘 모이고 습관이 되고 이젠 규칙이 되었다. 25년여 일기를 썼던 것도 아마 그런 이유였을 것이다.

어느 집이나 별다를 것이 없는 우리네 살림살이, 인생살이
….

구구절절 겪는 일들도 천차만별이다. 길거리나 역에서 보이는 수많은 사람들이 각자 품고 있는 이야기들은 또 얼마나 많을까? 다양한 표정, 주름살, 낡은 어깨, 가식 없는 웃음들을 만난다. 모두들 각자 자신들만의 인생 영화를 찍으며 살고 있는 주인공들이다.

어느 심리학자는 우리가 원하는 상황이나 즐거움이 기대

감을 주고, 그것이 행복과 연결된다고 했다. 행복은 크기에 달린 것이 아니라 횟수가 중요하다고 했다. 그러니 일상 속에서 자잘한 행복을 여러 개 찾는 습관이, 매일 매일을 행복하게 만든단다. 매일이 행복하면 인생이 행복한 것이니 더 이상 파랑새를 찾아다닐 필요가 없을 것이다.

하지만 이런 자잘한 행복을 찾는 건 연습이 필요하다. 한때 우울에 빠져 세상이 싫어졌을 때 위로를 받고자 종교인들의 수필집을 보았다. 수렁에 빠진 나는 오히려 그 글들에 화가 나고 감정적으로 반항했다. 결혼생활이란 걸 해보지 않은, 자식을 키워보지 않은 사람들, 오히려 평범한 우리들보다 세상의 자극이 훨씬 적은 그들이, 통속적으로 세상을 아름답게 보고 찬양하는 훈련된 감정을 보이는 것 같았다. 하지만 그들의 글에서 배울 건 있었다. 작은 것에서 행복을 찾아내는 능력이었다. 불만에 빠져 살던 내 눈엔 아름다움 한 조각, 행복의 미세한 싹도 보이지 않았으니 말이다. 이런 데서도 기쁨을 느끼는구나. 이런 것마저도 행복을 주는구나….

그러다 보니 생각이 조금씩 바뀌었다. 우울한 현실을 되씹고 비틀어 짜면서 인생을 낭비하는 나 자신이 바보 같았다. 영원할 것도 아닌데, 아직 일어나지도 않은 일인데 난 미리 앞서가서 걱정을 보따리 보따리 준비해두는 셈이다. 그런 내 앞날은 걱정으로만 가득 차 있는 건 당연하지 않은가? 차라리 그 시간에 종교인들의 '작은 행복 찾기'를 배우는 것이 현명한 처사가 맞다.

맑은 날은 맑은 날대로 화창한 발랄함을 주고, 비 오는 날은 또 나름대로 차분한 운치를 준다. 우리 삶의 매일이 이렇게 다른 날씨를 주는 것도 신이 주신 삶의 힌트가 아닌가 싶다.

'비가 오니 비설거지를 해라.' '올 겨울은 추울 것이니 먹거리며 장작을 많이 준비해둬라.'

매일매일 신은 새로운 날들을 펼쳐주고, 그 공백을 채우는 건 나의 몫이다. 지금 불행하다고 고개 숙인 누군가, 어둠 속에서 울고 있는 누군가는 당장 눈물을 그치고 주위를 둘러보자.

노랑나비 한 마리가 내 곁을 스쳐 날아갈지도 모르고, 한창 귀엽고 사랑스러운 재롱을 피우는 나의 아기가 방바닥을 뒹굴고 있을지도 모른다. 그 작은 행복을 꼭 놓치지 말자.

chapter 2

성격 is 뭔들

chapter 3

이제는
너와 나,
우리입니다

chapter 4

삶이
내게 준 선물,
우울증

chapter 1

글이 늘 따라 다녔어요

결혼 23년 차, 나이 오십한 줄

혼한 말로 세월을 보고 사람들은 '유수 같다' '쏜살같다'라고들 한다. 어느 자동차 보험 광고에 뒷자리에 앉아 있던 꼬맹이 딸이, 어느 순간 삐딱한 사춘기 소녀가 되어 옆자리에 앉아 있다. 아빠는 놀라며 "아니 언제 이렇게 컸지?"라고 한다.

딱 내 기분이 그렇다. 꼭 누군가에게 속은 기분, 난 아닌데 주위 사람들 모두가 맞다고 하니 그런가 보다 체념하는 찝찝한 기분. 70년을 함께 살았다던 어느 노부부의 여정에 비하면 23년은 한낱 '새 발의 피'다. 그런데도 그 시간이 헛되지 않다 여기는 까닭은 미완성의 나 자신을 조금씩 다듬어 주었다는 것이다. 마치 여리게 흐르는 물이 둥근 돌을 만들어 놓

듯, 파란만장 했든 아니든 우리 모두에게 반드시 의미가 있는 시간들이었을 것이다. 그런 면에서 세월은 야속한 대상이 아니라 칭찬받아 마땅한 대상이다.

20대는 우리를 벗어난 망아지처럼 자유로웠다. 입시의 굴레를 벗어났고 반쯤은 아이지만 반쯤은 어른 대접을 받는, 내일이 두렵지 않은 잔 다르크였다. 한창 민주화를 부르짖던 그해 봄. 천지도 모르던 나와 친구는 최루탄을 피해 도서관으로 뛰어들었다. 거기서 그를 보았다. 내가 만든 이상형의 틀을 가뿐히 통과하는 최초의 존재였다. 졸업반이 됐을 즈음 친구 소개로 친분이 시작됐지만 졸업식에서 보신 아버지가 "박씨는 전부 같은 혈통이라 같은 성씨 끼리 결혼은 안 된다."라고 하셨다.

나는 참 순진한 편이었다. 지금 생각해보면 그게 뭐라고, 사람이 만날 수도 있고 여건이 안 되면 헤어질 수도 있는 걸 인정 못 했다. 이제 막 시작되려는 인연의 싹이 싹둑 잘린 느낌, 아이스크림을 먹으려 한껏 입을 벌렸는데 땅에 떨어져 버린 느낌.

그때부터 내 1차 성숙이 시작되었다. 부모의 입장을 무시할 수 없고, 그도 놓치고 싶지 않은 갈등과 속앓이로 5년을 보냈다. 그러던 중 정권이 바뀌고 김영삼 대통령은 '동성동본 금혼법'을 폐지하였다. 아버지도 "법이 허락하면 된다."라며 허락해주셨다.

30대는 연년생이 태어나고 아이들을 키우느라 시간이 어찌 가는 줄도 몰랐다. 성격이 순한 편이어서 나를 그렇게 힘들게 하지 않았음에도 불구하고, 나를 잊고 살던 시간 속에서 점점 내가 사라져버리는 허무함이 나를 잠식했다. 모든 게 슬펐다. 모든 게 무의미했다.

즐겁고 밝은 엄마의 모습으로 아이들과 놀아도 주고 책도 읽어주고 해야 되는데 난 늘 멍하게 앉아 있었다. 그 와중에 다행인 건, 둘이 같이 커가는 시기라 소꿉놀이나 상대가 필요한 놀이에 서로 짝이 되어주었다. 너무 뜨거워 잠시 식혀둔 커피를, 겨우 아장아장 걷던 아들이 입으로 '후후' 불어주었다. 어쩌면 내 우울의 근원이 아이 둘로 시작되었는지 모르지만 어느새 조금씩 자란 아이들의 재롱 덕분에 내 우울은 잠깐잠깐 잊어졌다.

40대는 육아로부터 벗어난 자유로운 시기였고, 멈추기도 뭔가를 시작하기도 어정쩡한 시기였다. 하지만 이젠 나를 위해서든 가정을 위해서든 뭔가를 해야겠다는 강한 의욕이 샘솟았고 예전부터 계획했던 일을 실행해보기 위해 '간호조무사' 자격증에 도전했다.

1년간의 이론 공부와 3달간의 병원 실습을 다 마치고 시험을 쳤다. 다행히 바로 합격했고, 강사님의 추천으로 '아동병원'에 취업했다. 병원은 아이들의 울음소리와 비명, 떼쓰는 소리로 활기가 넘쳤다. 동료들은 그 소리가 너무 힘들다며 버거워하는데 난 첫날부터 그 소음이 좋았다. 뭔지 모를 활력과 생기가 내 안에서 확 솟아오르는 느낌이었다. 아이들을 좋아해서일까? 내 아이들을 키울 때 몰랐던 조금은 여유로워진 모성애가 다시 발동했다. 직장 생활은 재미있었다. 시회 안에서 일에 빠져서 일을 해보는 오랜만의 열정이었다. 예방접종과 각종 어린이 질병과 링거주사를 배웠다. 언젠가 꼭 유용하게 쓰일 거라고 믿었다.

2017년 늦가을 암 진단을 받았다. 참 인생은 계획대로 안 되는 게 맞구나 싶었다. 살면서 겪게 되리라고는 상상도 못했던 또 다른 구역으로, 내 의지와 상관없이 미끄러져 들어갔다. 하지만 그렇게 충격적이진 않았다. 그래도 그나마 예후가 좋다고 해 다행이라고 생각했다. 치료를 위해서 일을 접고 6차에 걸친 항암치료와 수술과 방사선 치료를 마쳤다. 난 예감이 좀 빠른 편이다. 예지몽을 꾸기도 한다.

언제던가 50살이 그렇게 되기 싫은 적이 있었다. 다른 나이 대는 오는지도 모르게 넘어 갔는데 오십은 왜 그렇게 피하고 싶었을까? 질병은 잠시 나를 멈추고, 다시 내 나이에 맞는 안목으로 세상을 보게 했다. 아픈 사람들을 돌보는 일을 했지만, 정작 그들의 육체적 고통 외에 정신적 두려움이나 우울함까지 생각했던가?

침대에 실려 수술실로 옮기면서 엄습해오는 두려움 속에 천장의 조형물을 봤다. 아름다웠다. 하지만 걸어 다닐 땐 일부러 위를 올려다보며 감상하진 않았다. 오직 누워야만 볼 수 있는 풍경이다. 아무리 누군가를 위로하고 치료해준다 해도 고통은 상상조차 할 수 없다. 당연하다. 내가 아파보니 왜 그들의 눈빛이 그리 멍한지, 생동감이라고는 티끌만큼도 보이지 않는지 알았다. 그건 정작 내 모습이었다.

하루하루 살다 보니 지금까지 왔다. 어쩔 수 없이 떠밀려 오기도 했고, 내 스스로 신나서 뛰어 오기도 했다. 지금의 난 하루살이다. 아직 완치판정을 받은 몸도 아니고 내 관리에 따라, 또 운이 좋아야, 그나마 조금 더 세상 안에서 부대낄 수 있다. 지금의 나는 욕심을 부릴 상황도 아니고 누군가와 등질 상황도 아니다. 지금 이대로 조금씩 아름다운 마무리에 신경 쓸 때이다. 거기서 조금 욕심을 낸다면 내 뒤를 따라오며 비슷한 삶을 사는 어느 누군가, 어둠 속에서 울고 있을 어느 누군가에게 희망이 되고 싶을 뿐이다.

글이 늘 따라 다녔어요

유년의 '국민학교' 시절 방학과제가 많았다. 《기본 탐구생활》이라는 책부터 일기, 글짓기, 독후감, 포스터, 풍경화, 서예 등등. 학원이 없던 그 시절 마치 야생의 아이들을 잡아두는 수단인 양 방학 안내문을 가득 채운 숙제는 결국 방학 끝날까지 이어진다.

난 규칙을 잘 지키는 편이었다. 하나도 빠뜨리지 않고 숙제를 했다.

개학을 하면 숙제를 보고 상을 줬는데 그림, 서예, 만들기 등 미술 과제물과 글짓기에서 상을 받았다. 일기 검사를 마친 선생님이 내 일기를 애들 앞에서 읽으셨다. 별스럽지 않은 내용이었는데 선생님은 재미있어 하셨다. 그 즈음부터였을까? 국어 과목을 좋아하고 글로 뭔가를 표현하는 데 재미를 느꼈다.

교실마다 벽신문이란 게 있었다. 커다란 전지에 구획을 나누어서 시, 만화, 시사내용 등을 편집하고 장식해서 벽에 걸어두는 일종의 반 회보 같은 거였다.

선생님이 지명한 몇 명은 1달에 1번씩 남아서 그걸 만들었다. 이미 알려진 시 말고 우리가 창작한 시도 썼고, 유치한 내용이지만 창작한 만화도 그려 넣었다. 다음날 등교한 친구들이 우르르 벽에 붙어 어떤 새로운 내용이 있나 살피고 유치한 만화를 보고 웃는 모습들이 좋았다.

대학 땐 '헤르만 헤세'에 빠졌다. 정작 그의 유명한 《데미안》은 도무지 무슨 말인지 이해가 안 됐다. 다른 소품들을 읽으며 그의 표현력에 감탄 또 감탄했다. 같은 하늘, 같은 꽃을 표현하는데 그는 실크처럼 하늘거리는, 별들의 숨소리가 들릴 듯 섬세한 표현을 했다. 그의 묘사와 표현력에 매료되었다. 그 후부터 사물을 볼 때마다, 어떤 일을 겪을 때마다 그걸 어떤 시각으로 봐야 할지 어떤 비유를 하면 좋을지 고민하게 되었다.

그러다가 머릿속에 얼핏 멋진 문장이 떠오르면 안 잊으려 메모했다. 안타까운 건 그 메모를 여러 곳에 분산하다 보니 거의 다 사라졌다는 것이다.

'낫 자락에 묻어나는 갓 베어낸 풀냄새'

'그 나뭇가지는 앙상한 손을 들어 내 창을 두드린다.'

따위다.

신문에 '재능교육'에서 경험사례를 공모한다는 광고가 났다. 난 그 일을 한 건 아니지만 대학시절 특수학교 장애아들을 도와주러 갔던 경험이 문득 생각났다. 그때의 느낌과 작은 사건을 진솔하게 써 보냈다. 신문에 당첨자 발표가 났다. 가작이었다. 대상은 어느 초등학교 선생님이었는데 그녀는 괌, 사이판 여행권과 500만 원의 상금을 탔고 난 30만 원의 상금을 탔다.

뜬금없는 용기가 생겼다. 단순한 내 경험과 추억이 어떻게 묘사되고 서술되느냐에 따라, 다른 사람의 감성을 자극하고 마음을 움직일 수도 있구나….

난 내 방식대로의 글쓰기에 조금 자신이 생겼다. 각종 라디오 방송에 사연을 보냈다. 그때는 인터넷 시대가 아니라서 손 글씨로 쓴 편지를 우편으로 보내야 했다. 사연을 보내고 나서는 언제 읽힐지 몰라 며칠을 내내 그 방송만 집중해서 들어야 한다. 지금은 기억도 희미한 할머니 얘기, 벚꽃 얘기 등등 소소한 일상이나 우스웠던 일들을 수필처럼 써 보냈다.

그랬더니 구두 상품권, 죽염세트, 전기오븐 등 뜻밖의 선물들이 날아왔다. 신기했다.

아이들이 4~5살 쯤 됐을 때 'ㅇㅇ은행'에서 사생대회가 열렸다. 난 애들 데리고 가서 그림이나 그리고 바람 쐬고 오자는 마음으로 집을 나섰다. 사생대회는 생각보다 치열했다. 각 미술학원에서 단체로 와 그늘 좋은 곳에 돗자리를 펴고 선생님 지시에 따라 구도를 잡고 이미 연습된 풍경을 스케치했다.

유아부는 자유그림이라 애들에게 맘대로 그리라 하고 주변을 둘러보았다. 건너편 부스 앞에 여자들이 줄을 서 있었다. 포장 위에는 'ㅇㅇ은행 여성 백일장'이라고 씌어 있었다. 나도 모르게 슬며시 일어나 그 줄에 섰다. 일반 원고지보다 칸이 작은 원고지 한 묶음과 검정색 볼펜을 받았다. 제목이

'행복'이었다. 난 그때 별로 행복하지 않았던 탓에 한참 볼펜만 돌리고 있었다. 그러다 내 이웃의 삶들이 떠올랐다. 내 위층에 살고 있던 젊은 부부는 아이가 갓 돌 지난 시점에 남편이 시한부 선고를 받았고, 나를 많이 위로해줬던 앞집 지혜 엄마는 남편의 사업이 어려워져 중국으로 가려고 준비하고 있었다. 그들의 삶을 지켜보며 내가 느꼈던 안타까움과 꼭 그들이 행복해졌으면 좋겠다는 바람을 간절하게 썼다. 한 달쯤 뒤에 마산에 있는 그 은행 본점으로부터 시상식에 참석해달라는 연락이 왔다. 입선이었다.

난 나의 고민과 울화의 해소방법으로 글을 쓴다.

남편은 고민과 울화를 과격한 운동으로 푼다. 땀을 몇 바가지 흘리고 기진맥진할 때까지 운동을 해야 속이 시원하단다.

내 친구는 서랍을 다 뒤지고 청소를 한다.

어떤 이는 옷장을 뒤져 옷을 죄다 꺼내 빨래를 한다고 한다.

얼굴처럼, 성격처럼, 각자 삶을 살아가는 방식은 정말 천차만별이다. 그중에 나는 글과 얽혀 있는 삶인 것 같다. 글은 마치 흙을 반죽해 항아리를 빚는 도공처럼, 내게 활자를 반죽해 새로운 글을 빚어내도록 계속 나를 홀린다. 특히 그런 자극을 주는 것은 바로 내 삶이고 이웃들의 삶이다. 삶이 무료하고 시들할 즈음, 새로운 하루가 새로운 얘깃거리를 보여주고는 다시 내게 글을 빚게 한다. 아니 어쩌면 글은 적당한 거리에서 나와 늘 걸음을 맞추고 있는 것 같기도 하다. 마치 별로 친하지 않은 유년시절의 친구가 오랜 시간 동안 티 안 나게 가까이에서 살아오고 있는 것처럼.

이혼을 막아준 교감의 수단

수많은 인연들 중에서 부부의 인연이란 참 특별한 것 같다. 한창 피가 끓는 나이여서 그랬을까? 아니면 남자형제 외에 이성이란 존재를 전혀 몰랐기 때문일까?

여중, 여고만 다닌 탓인지 대학의 남자 동기와 선배들, 동아리 멤버들이 처음엔 무척 긴장되고 어색했다. 하지만 한 학기가 끝날 무렵엔 그들에 대한 호기심은 거의 사라지고 오히려 여자 동기들보다 허물이 없었다.

그런데 우연히 본 그는 느낌이 달랐다. 그는 막연한 내 이상형의 틀을 아무 걸림 없이 통과한 사람이었고, 어떤 사람인지 알고 싶다는 호기심이 시간이 가도 사라지지 않았다. 그를 알기도 전에 꿈을 꾸었다. 빈 강의실에 둘만 있는데, 각자 입에 문 빨대를 불자 파란 불꽃이 빨대를 타고 흘러가 촛대에 불이 켜지는 것이다. 해몽 전문가는 아니지만, 꿈을 자주 꾸고 내일을 대충 예견하는 습관이 있던 나는, 그 꿈이 가볍게 느껴지지 않았다.

화촉을 밝힌다는 것은 결혼을 암시하는데, 당시 전혀 친분도 없던 그가 꿈에 보인 것이 황당해서 무시해버렸다.

운명은 정해져 있는 걸까? 20살에 꾼 그 꿈이 8년이 지난 1996년 12월에 현실이 되었다. 집안의 반대와 그의 공부와 어학연수로, 우린 거의 편지로 만났다. 편지도 역시 글인지라 가장 감정이 안정된 상태로 위로와 격려, 한마디로 좋은 말만 적게 된다. 그 역시 항상 나를 걱정해주고 부모님을 설득할 용기를 써 보냈다. 편지 속의 그는 매우 이성적이고 논리적이었다.

아니, 그런 사람인 줄 알았다.

결혼은 서로간의 또 다른 적응기였다. 매일 만난 연인들도 싸우고 헤어지는 마당에 좋은 말만 적어 보내며 위로와 감동을 낭비했던 우리는 서로를 몰라도 너무 몰랐다.

양말을 뒤집어 벗는 것, 손톱깎이를 쓰고 제자리에 두지 않는 것, 사소한 간섭 등에서부터 내 친정 형제들이나 부모님에게서 전혀 느끼지 못한 사고방식의 차이, 숨이 막혔다.

마치 소꿉놀이 하면서 싸우는 어린애들같이 우리의 신혼은 유치했다. 난 할 말이 많았던 관계로 말싸움에 유리했다. 그는 말이 느린 탓에 말싸움에 불리했다. 하지만 그가 느릿느릿 풀어내는 설명과 자기 합리화와 독단이 내 말문을 막히게 했다. 그땐 나도 어렸고 그도 어려서 해결점을 찾지 못했다. 다만 찝찝한 잠정적 결론만 내릴 뿐이었다. 정작 각자는 절대로 인정하지 못하는 자신들의 잘못은 그렇게 휴전했고 반복되었다. 잠정적 결론은 언젠가 다시 붙게 될 2라운드의 예고편일 뿐이었다.

각자 등을 돌리고 누운 그 밤에, 난 뒤늦게 떠오르는 수많은 말대꾸를 곱씹었다. 그러고는 다음에 싸울 때 꼭 그 말을 해야지 작정하면서 그 문장을 잊지 않으려 되새겼다.

성질이 다소 급한 편인 나는 당장 결론이 내려지지 않으면 잠이 안 왔다. 반면 그는 어떤 언급이나 결론도 없이 방문을 잠가 소통을 막았다. 이런 경우 십중팔구는 성격 급한 사람이 불리하다. 잠을 못자고 혼자서 자신에게 유리한 쪽으로 결론을 내려 본다.

말싸움은 위험하다. 생각이 정리되지 않은 상태에서 걸러지지 않고 내뱉는 말은, 그 말을 뱉은 자신도 잠시 당황한다. 이렇게까지 하려고 했던 건 아닌데 싶은 뒤늦은 후회가 스친다. 그러면 상처를 받은 상대는 감정이 더 격해져서 어쩌면 좀 더 상처를 줄까에 몰입한다.

그래서 편지를 썼다.

다소 급한 성격의 내가 빠뜨리지 않고 차근차근 그를 설득하는 방법.

빈틈없이 바른 말만 하며 자기변호를 완벽하게 하는 그가, 정작 보지 못하는 그 자신의 모습을 나는 일러바쳐준다. 자존심이 센 그는 읽었는지 말았는지 대답도 없다. 그렇게 묵비권을 행사하는 며칠이 지난다. 술에 얼큰히 취한 그가 '31아이스크림'을 들고 오면 2라운드는 잠정적으로 끝난다.

그즈음 그의 책꽂이 끝자락에 이혼 서류가 몇 장 구비되어 있었다. 도대체 이혼을 몇 번이나 하려고 그러는 건지, 아니면 혹시 한 글자라도 잘못 써서 이혼이 안 될까 봐 미리 대비한 건지 여유분이 많다. 참 어리고 유치한, 어른 코스프레로 지낸 시간들이다.

돌이켜 생각해본다. 만약 그때 그 순간을 참지 못하고 남
남이 되었다면 지금의 나는 어떤 모습일가? 여전히 질병에
걸렸을까? 아이들은 어떤 상황일까?

TV 속 금슬 좋은 노부부들은 한결같이, 느리고 편안한 시
선으로 배우자의 삶, 버릇, 취미들을 인정해주고 지지해준다.
40~50년 같은 길을 걸어온 그들은 습관을 알아 서로 비난하
지 않고 오히려 환경을 만들어주며 행복해 하는 모습을 같이
즐긴다. 그들도 갈등의 나날들이 있었을 것이다. 세월의 물살
이 뾰족하던 그들을 둥글게 깎아 주었을 것이다.

나이가 들수록 그의 장난기가 심해진다. 가식적이게도 공
식석상에서는 점잖음의 극치를 보여 주는 사람이 집에서는
딱 10살짜리 개구쟁이가 된다. 잘 놀라기도 하고 귀찮게 구는
것이 질색인 나는, 그의 쓸데없는 장난을 편하게 받아줄 수가
없다. 그러면 그는 반응이 재밌다며 더 자주 장난을 친다. 참
환장할 노릇이다. 이젠 예전처럼 싸울 에너지도 없으니, 누군
가 장난으로 던진 돌을 매일 맞는 개구리가 되어간다.

바다를 헤엄치는 느낌이에요

구속, 억압, 간섭을 좋아하는 사람은 없을 것이다. 나 역시 그런 상황을 지극히 싫어하는 자유로운 영혼이다. 부모님은 잔소리가 별로 없으셨다. 스스로 알아서 하게 내버려 두시고 부탁을 할 때만 조금 신경을 써 주는 편이었다. 그래서인지 오히려 내 스스로 찾아보고 알아보고 빈틈없이 준비하는 편이었다. 엄마는 그런 내게

"너는 입 댈 게 없다. 알아서 잘하는데 뭐 하러….”

늘 그렇게 나에 대한 믿음을 갖고 계셨다.

결혼 후 남편은 달랐다. 나를 어린애 취급하듯 늘 다그치

고 잘한 일보다 조금의 실수라도 찾아내서 훈계했다. 혹시 잘
못하는 일이나 두려워하는 일은 끝까지 숙달시켜서 하게 만
들었다. 그는 그걸 아주 뿌듯해하고 나를 제대로 가르쳤다는
듯 만족해했다. 반대로 자신의 실수는 은근슬쩍 넘어가고 잘
한 일은 스스로 자랑했다. 남편이 아니라 기숙사 사감과 사는
기분이었고, 결혼이 아니라 군대에 입대한 느낌이었다.

난 그때까지 살면서 혼나고 불안해서 누구 눈치를 본 적이
없다. 어느 순간 남편의 눈치를 보기 시작했고 꼬투리를 잡히
지 않으려고 신경 썼다. 남편은 좋은 사람이지만, 가끔은 혹
시 나에 대해 열등감이 있나? 어찌 나를 이렇게 몰라주나?
인정해 주지 않나? 싶었다. 답답했다. 힘들었던 우울증도 나
를 알아주지 못하는 남편에 대한 원망이 다분히 섞여 있다.

남편에게 대놓고 외치지 못한 울분을 일기에 토했다. 가끔
꺼내서 읽어 보면 상당히 심각한 경우도 있었고, 내 생각이
변화와 발전과 진화를 거듭해 거의 도를 틔우기 전까지 간
듯한 경우도 있다. 그의 말마따나 사랑이(?) 깊은 만큼 간섭
이 많아지는, 그를 피해 나는 활자의 바다로 뛰어들었다. 글
을 쓰는 동안은 오롯이 내 시간이었고 누구도 참견할 수 없
었다. 현실을 분석하고 누군가를 원망하면서 결론을 내리기

도 하고 내 생각을 정리하기도 했다.

그 즈음 아이들에게 보여주던 애니메이션 채널에 〈카드 캡터 체리〉라는 만화가 있었다. 다른 건 안 부러웠지만 그녀가 힘이 들고 지칠 때 찾아가 안기듯 매달려 있는 깃털주머니가 너무 부러웠다. 체리에게 깃털주머니가 있다면, 내게는 글의 바다가 있었다. 애들보다 내가 더 그 만화에 빠져 '체리'가 깃털 속으로 들어가면 덩달아 평안을 느꼈다.

내 세계는 좁고 내 경험은 단순하다. 나 또한 내가 보지 못하는 독단에 빠져서 소통이 안 됐을 수도 있다. 그래서인지 단순히 글을 쓰는 것만으로 내 문제가 해소되는 것은 한계가 있었다. 비슷한 문제에 부딪히면 지적인 해결보다 반복되는 불평만 늘어놓을 뿐이었다. 독서가 필요했다. 남편 말마따나 내 고집에 빠져 타인의 충고를 무시하는 내게도 문제는 분명 있을 터였다.

서점엔 개인 수필집들이 많았다. 다들 치열하게 한 생을 살아가면서 겪고 느낀 것들을 알려주느라 책들이 떠들썩했다. 머리 하얀 할아버지의 깊은 충고를 듣고 싶었다. 좀 더 오래 된 고전을 찾았다.

젊은 사람들은 고루하다고 잘 거들떠보지 않는 중국 고전 《채근담》이 눈에 띄었다. 처음엔 시구처럼 비유된 절이 나오고, 다음은 현대에 맞게 해석한 글이 달려있다. 잠시 서서 읽던 나는, 고리타분할 것 같다는 선입견을 깨고 내용에 몰입되었다.

명나라 때의 고전인데 시대가 이렇게나 흐른 지금에도 그 내용들이 공감되는 것이 신기했다. 일반인들이 살아가면서 만나는 사람, 부딪히는 일에 어떻게 대처하는 것이 현명한지 답을 적어 두었다. '지혜'란 것의 의미를 깨달았다. 학교에서 배운 지식 외에 정작 삶에 필요한 지혜가 담겨 있었다. 그것도 상상도 못할 만큼의 시간을 건너서 현대를 사는 내가 그 조언에 공감하고 있었다.

지식만으로는 절대 어른이 될 수 없다. 제대로 된 부모도 되어야 하고, 시간이 가면 기성세대로서 다음세대들을 도와줄 지혜가 반드시 필요하다. 짧고 단순한 개인의 경험만으로는 부족하다. 쉽진 않지만 다른 이들이 다른 안목으로 표현한 세상에도 관심을 가져야 한다. 그래야만 글의 바다에서 진정 자유로울 수 있을 것이다.

나를 알아갈 수 있는 최고의 수단

스무 살 봄부터 거의 20여 년이 넘어가는 40대 초반까지 일기를 썼다. 처음엔 메모처럼 간단하게 적던 것이 조금씩 연습하던 비유, 묘사가 더해지면서 문장으로 넘쳤다. 지금 읽어보면 20대의 글은 유치했다. 철없고, 생각도 좁고, 다른 이의 의견을 수용 못 하는 나만의 독선에 젖어 있다. 그럼에도 절대 깨닫지 못하고 나 스스로 상처받고 피해자가 된다. 세월이 흐르면서 내 글은 좀 더 객관적으로 상황을 보고, 타인의 입장을 헤아려주며, 조금 더 깊이 있는 결론에 도달한다. 글이 뭔지 어떻게 쓰는 건지 천지 분간도 못하던 나는, 일기를 통해서 나 자신이 변화되고 성숙해가는 것을 보았다. 지금도 그

일기장들은 연도별로 번호를 매긴 이름표를 달고 창고에 보관되어 있다.

고스톱을 쳐보면 상대방의 성향을 알 수 있다고 한다. 내게 있어서는 글이 그렇다. 글 속에서 표현된 문장에서 작가의 성향을 짐작할 수 있다. 가식적인 글도 티가 난다. 허구를 쓴 소설이라 해도 완전한 거짓이라기보다 조사된 사실, 조사된 지식이 바탕이 되지 않으면 설득력이 약하다. 글을 쓸 땐 달콤한 거짓을 코팅하는 걸 주의한다. 아니 애초에 시작하지 않는다.

예전에 어느 여류 작가의 수필집을 읽고 실망이 컸다. 자신의 삶을 너무 장식한 느낌이 드니 글이 매력 없었다. 장르에 따라 다르겠지만 대부분의 글은 주관적이다. 당연하다. 나 또한 20대 때는 좁은 눈으로 세상을 보고, 판단력이 많이 부족했던 걸 시간이 흐른 후에야 알았다. 아마 누군가 충고도 해주었겠지만 귓등으로 흘렸을 것이다. 수필을 쓴 그녀도 본인이 모르는 안목의 차이, 보편적인 독자들과 시각이 조금 달랐는지도 모른다.

예술이라는 것은 장르를 떠나서 진실을 품고 있으면 반드시 감동이 온다. 첫 아이를 임신했을 때 라디오로 '장영주'의 바이올린 연주를 들었다. 엘가의 〈사랑의 인사〉라는 곡인데 클래식 중에서도 자주 연주되는 흔한 곡이다. 라디오에서 우연히 흐르던 그녀의 연주를 듣고 감동을 받았다. 내가 임신 상태라 감성이 많이 예민해졌던 건지 이유 없이 소름이 돋으면서 눈물이 났다. 같은 곡을 이전에도 들어봤지만 '장영주'의 연주만큼 깊은 감동은 느낀 적은 없다. 단순히 그녀의 기교 때문일까? 아니면 그걸 연주할 때의 진심과 열정 때문일까?

타고난 천재적 소질에도 불구하고 지극히 불행하고 외로운 삶을 살다간 화가 '이중섭'의 그림을 볼 때도 그렇다. 그는 우리나라로선 가장 힘들었던 일제강점기와 '6·25'를 겪던 격동기를 지냈다. 유복한 가정에서 태어나고 일본 유학까지 했지만, 질병과 오래 떨어져 지내면서 겪은 가족에 대한 절절한 그리움이 그를 피폐하게 했다. 당시로서는 독창적인 담뱃갑 은박지 그림이나 소 그림은 그를 유명하게 했다.

그의 그림 중 네 식구가 소달구지를 타고 행복한 모습으로 어딘가로 떠나는 그림이 있다. 그 그림을 가만히 보고 있자면 당시 이중섭의 절절한 그리움이 느껴져 가슴이 아프다. 첫

아들을 잃고 얻은 두 아들은 그에게 얼마나 소중했을까? 하지만 빚과 생활고로 일본인 아내와 아이들을 처가 일본에 보내고 혼자서 가난과 질병과 외로움과 싸운다. 그의 그림 소재 중에 가족은 다양하게 등장한다. 하지만 불행한 현실과는 달리 행복하게 노는 아이들이나 네 식구가 단란하게 얽혀 있는 그림이 많다. 간절함과 진심이 그대로 보인다. 그의 작품을 통해 그를 짐작해본다. 그는 분명히 다정하고 자상한 아버지며 남편이었을 것이다.

화가는 그림으로, 음악가는 곡이나 악기로, 작가는 글로 자신을 표현한다. 많은 책들을 통해 작가들은 '나는 이런 사람이다'를 보여준다. 아니 보여주지 않아도 보인다. 거울이 없었다면 자신의 얼굴 생김새를 모를 것이다. 아들이 찍어준 동영상 속 내 목소리가 그렇게 어색할 줄 몰랐다. 평소에 내가 들으면서 내가 말하는 목소리와 영상 속의 내 목소리는 다른 사람 같다. 난 어색한데 주위에선 똑같다고 한다. 정작 나도 나를 잘 모르고 살고 있는지도 모른다. 그나마 글쓰기를 좋아하는 까닭에 내가 쓴 글을 읽어보며 나는 나를 알아간다.

뻔한 인생 속에서

아침에 무사히 눈을 떴다. 어느 노래처럼 편지를 써야 될 듯 흐린 가을 하늘이다. 베란다 문을 열고 차가워진 공기에 몸을 움츠린다. 퍽퍽한 밥은 생각이 없다. 세탁기를 돌리고 청소기를 돌린다. 매일 청소를 해도 매일 지글거리는 먼지와, 점점 더 많이 빠지는 머리카락이 그의 동선을 따라 흩어져 있다. 침대 옆에 뒤집어 벗은 그의 양말이 보인다. 바로 벗어서, 빨래통에 넣으라고 몇 백 번을 말했던가? 입이 닳아 없어지지 않으니 다행이다. 돌고 있는 세탁기는 이미 1차 탈수과정을 거치고 있다. 양말은 다음 기회에….

몽롱한 정신을 집중시켜보려고 아주 연하게 일명 '알커피'

를 탔다. 날씨 때문인지 따뜻한 온기가 좋다. 빨래가 도는 동안 잠시 가을을 본다. 앞으로 내가 맞이할 가을은 과연 몇 번이나 남았을까? 반복되는 매일을 밀리고 쫓겨서 지나왔는데 어느 순간 돌아보니 51년이 되었다.

유년의 기억들은 귀퉁이에 끼워 맞추는 퍼즐 조각처럼 조각조각 내 머리를 스친다. 어떤 날은 뜬금없이, 골목 모퉁이에서 연줄에 유리 가루를 열심히 먹이고 있던, 어린 시절 남동생이 스친다. 어떤 날은, 설 명절인데 우리에겐 새 옷을 입혀놓고, 엄마는 수돗가에서 빨래를 하고 계신다. '설날인데 엄마는 왜 빨래를 하지?'라고 생각했었다.

89세까지 장수하신 외할머니가 돌아가시기 전 친척들이 모여 고향 바다 근교에 간 적이 있다. 갯벌이 펼쳐진 그 곳이 할머니 평생의 밭이었다며 실눈을 뜨고 응시하셨다. 어디쯤 가면 바지락조개가 많이 나고, 또 어디쯤 가면 자연산 굴이 많이 있는데 마음은 훤한데 움직일 수 없으니 안타깝다며 바위에 앉아 먼 바다를 바라보셨다.

할머니가 살았던 결핍의 시대와 엄마가 살았던 과도기 그리고 내가 살고 있는 풍족의 시대. 생각해보면 어느 시대를 살았건 별 차이가 없다. 생, 로, 병, 사의 거대한 기둥에 매일 줄기를 휘감아 오르는 희, 로, 애, 락의 나팔꽃이 피었다 진다. 하루하루의 감정에 울고 웃던 나는, 부족했던 시대를 건너온 윗세대들의 지혜 앞에서 부끄럽다. 요즘처럼 부족한 것 없는 시대에 사네 못 사네, 밉네 곱네 칭얼댄다. 어른 아닌 어른이 되어 어른 행세를 하며 권위를 부린다. 아이들이 태어나면 기대감과 의욕이 앞서 온갖 정성을 다한다. 까만 눈동자를 굴리며 재롱을 피우던 아이는, 어느 순간 부모의 기대와는 멀어져 간다. 인간의 힘으로 부모의 뜻대로 끌고 가보려 하지만 역부족이다.

만석꾼은 만석꾼대로, 천석꾼은 천석꾼대로, 나름의 고난에 빠져 헤어나려 버둥거린다. 누리는 것보다 책임져야 할 일이 더 많은 그들은, 지키기 위해 더 뺏어오기 위해 괴로운 삶을 산다. 예전 어느 기업의 총수가 다시 태어나면 길거리 조그만 붕어빵 장사를 하겠다는 허심탄회한 말을 한 적이 있다. 최고 자리에 앉은 자의 부담이 얼마나 컸으면 그랬을까? 직원들을 향해 악담을 하고 소리를 지르며 갑질을 하던 이들도, 자식을 위해 권력의 힘을 비딱하게 사용한 이들도 결국은 제자리며 0의 위치다. 높이 오르는 순간엔 언제든 떨어져 상처 입을 위험도 도사리고 있다. 많이 가졌을 때, 높은 곳에서 누릴 때 주위를 둘러보아야 한다.

　최상의 부와 명예를 누린 이들도 영원하지 않다. 전성기의 그들은 영원할 것 같지만 세월과 나이 앞에 장사는 없다. 다들 이빨 빠진 호랑이가 되어 조용히 물러나 앉는다. 이처럼 뻔한 인생인데 욕심이란 것이 무슨 의미가 있을까? 나이가 들어서인지, 한 번 크게 아파 본 사람이라서인지 감정이 많이 무뎌진 것 같다. 악착같은 삶의 방법들이 헛된 수고로만 보이니… .

위로해보셨나요?

처음 아팠을 땐 담담했다. 다소 겁은 났지만, 시키는 대로 약을 먹고 참고 버텼다. 치료가 순서대로 잘 진행이 되었고 1년여가 되어갈 즈음 머리카락도 제법 자랐다. 3월 말에 친구들과 여행을 가기로 계획을 잡았다. 아무 이상 없었는데 3월 중순 어느 날 감기 끝에 머리가 빠개질 듯 아팠다. 흔한 편두통이 아니란 느낌이 들었다. 진통제도 소용없었다. 하지만 친구들의 들뜬 계획을 헛되이 할 수가 없어 숨기고 억지로 여행을 갔다. 3박 4일의 일정은 고난이었다. 웃으며 사진도 찍고 맛있게 밥도 먹었지만, 두통이 늘 따라다니니 보는 것, 듣는 것이 다 겉돌았다.

귀국하자마자 근처 병원엘 가서 CT를 찍었는데, 뇌의 부분, 부분이 부어 있었다. 다음날 바로 서울로 갔다. MRI, CT 등을 찍고, 10일 동안 입원해서 처치를 하자고 했다. 앞이 캄캄했다. 하늘이 정말 나를 데려가려나 보다. 때가 되었나 보다. 아이들이 제일 먼저 아른거렸다.

 그렇게 담담했던 나는 어디 가고, '뇌전이 의심 진단'은 나를 완전히 충격 속으로 던져버렸다. 검사를 기다리는 내내 눈물이 흘렀다. 남편은 아무 말 없이 날 쳐다봤다. 어떤 위로도 위로가 안 되는 상황이었다. 수많은 환자들이 통로를 지나갔다. 거의 뼈만 남은 노인이 침대에 실려 지나갔고, 갓 서너 살로 보이는 꼬마가 머리를 깎은 모습으로 링거를 달고 지나갔다. 노인은 노인대로, 꼬마는 꼬마대로, 나는 나대로 예상 못한 어둠의 세계로 떨어진 동지들이었다.

 얼굴과 콧망울이 뻘겋게 닳도록 훌쩍이다가 나름 마음을 가다듬었다. 내 나이는 저 꼬마에 비하면 억울할 것도 없었다. 적당히 살 만큼은 살았고, 아이들도 다 커서 성인이 되었고, 남편은 스스로 강한 사람이고, 땡빚을 진 것도 아니고, 누구와 원수진 것도 없다. 누구나 어차피 가게 되는 길인데 조금 빨리 가나, 늦게 가나의 차이다. 남은 사람들은 시간이 지나면 각자의 일상에 매진할 것이고, 자주 볼 수 없어 안타까운 건 떠나는 이의 욕심인지도 모른다. 어쩌면 여행을 가려고 버스에 오르는 첫 계단처럼, 죽음은 아주 자연스러운 일상이 아닐까? 그렇게 마음을 정리하니 갑자기 눈물이 딱 멈췄다. 가슴을 누르던 압력이 사라지면서 몸이 아주 홀가분한 느낌이 들었다.

다시 머리를 깎고 하루에 한 번씩 방사선을 쬐었다. 방사선 치료와 함께 뇌압을 낮추기 위해 뇌의 일부를 수술했다. 온갖 검사와 MRI, CT 등으로 내 팔은 멀쩡한 틈이 없었다. 주사바늘 때문에 군데군데 시퍼런 피멍이 들어, 그냥 보기엔 마약 중독자 같았다. 야위긴 했어도 건강했던 내 몸이 왜 이렇게 됐을까? 아이 둘 다 몇 시간 안에 자연분만으로 순풍 낳았고, 몸에 칼 한 번 댄 적 없던 내게, 갑자기 왜 이런 일이 닥친 것일까? 이전에 내가 살던 아무것도 모르던 세상에서, 어느 순간 던져진 이 세상은 마치 꿈같았다. 이 꿈이 깨고 나면 고통이나 두려움, 망가진 내 몸도 원래의 모습으로 돌아가 있을 거라는 생각마저 들었다. 그런 생각도 나름 견딜 수 있는 힘이 되었다.

퇴원을 하고 2번의 항암을 했다. 뇌에도 약을 쓰고, 먹는 약을 같이 병행하니 고통이 더 컸다. 처음 항암보다 몸이 더 망가졌다. 모든 음식 냄새가 싫었고 모든 음식의 맛이 싫었다. 누룽지만 끓여 먹었다. 연하게 끓인 시락국에 겨우 밥 한 두 숟갈을 말았다. 희망이 보이지 않아 내 안에서는 조금씩 나를 포기해가고 있었다.

방사선 치료를 끝낸 지 3달여가 지난 검사에서, 크기도 많이 줄었고 뇌압도 정상을 유지하고 있다며 반응이 괜찮으니 더 지켜보자고 한다. 하루하루 살얼음판을 걷는다. 아침에 잠자리에서 눈뜨고 날씨를 살펴본다. 하루만큼의 생명을 다시 받았으니 빨래든 청소든 해야 할 것 같다. 매일 삶의 시간을 선물 받는 내가 할 수 있는 보답이다.

글의 위력을 믿어보세요

독서의 효과는 참 신기하다. 눈으로 보았을 뿐인데 그것이 기억되어 때로는 감동을, 때로는 분노와 행동을 이끌어 낸다. 딸아이가 어렸을 때 손가락을 살짝 베어 피가 났다. 놀란 아이가 피를 보고 있을 때 난 그걸 가리키며 '피'라고 알려줬고, 작은 쪽지에 '피'라고 써서 벽에 붙였다. 다음날에 나는 무심히 그걸 가리키며 물었다. 딸은 정확히 기억하고 있었다. 신기했다. 자음, 모음 하나하나 가르치지 않았는데 연관된 이미지 하나만으로 아이는 통으로 글자를 기억한 것이다. 딸아이 세 살이었다.

그 날부터 매일 한 글자씩, 새 글자를 적어 벽에 붙여줬다.

시간이 지나면서 벽에 붙은 글자들이 늘어났다. 매일 글자를 확인할 때마다 처음부터 읽다 보니 아이는 거의 모든 글자를 알게 되었다. 길거리를 지나다가도 간판을 읽고 가게 입구 유리문을 열 때도 '미시오'를 중얼거리며 문을 밀었다. 그림만으로 책의 내용을 상상하며 혼자 지어내 중얼거리던 단계를 벗어나, 진짜 내용을 읽었다. 내가 읽어줄 필요가 없었다.

글을 읽는 단계를 넘어서니 쓰기가 쉬워졌다. 가끔 자음을 뒤집어쓰거나 단어가 얽혀도 아이는 하나의 그림으로 기억했다. 서운함을 삐뚤빼뚤 적어 '엄마 바보'라고 쓴 쪽지, 먹고 싶은 것들을 잔뜩 적은 쪽지를 아직도 보관하고 있다. 그 무렵의 집안 벽지도 빈틈이 없이 아이들의 낙서로 채워졌다. 그림과 글자의 세계에 빠지고, 나름의 창작활동에 빠진 값진 시간이었다. 난 애들을 말리지 않았고, 낙서로 범벅이 된 그들의 세계를 분석하는 재미도 쏠쏠했다.

글자를 읽기 시작하면서 아이는 책을 들고 다녔다. 내가 은행을 갈 때도 책을 들고 따라와서 기다리는 동안 읽었다. 그즈음 난 거의 책을 읽지 않았다. 힘들 때 나를 조용히 다독여준 책을 다시 꺼내 읽어보았다. 여전히 작가는 책 속에서

변함없는 진실함과 자상함으로 나를 맞아주었다. 내가 책을 덮은 후에도 그는 책 속에서 여전히 말하고 위로하며 나를 기다리고 있었는지도 모른다. 먼지 쌓인 다른 책들도 둘러보며 다시 책을 읽기 시작했다. 감동의 깊이나 지식의 흡인력이 과거와 달랐다. 책이 변할 리는 없으니, 내가 변한 것이 분명했다. 변한 내 이해력으로 다시 읽는 책들은 새로운 즐거움을 주었다. 마치 새 책을 처음 읽는 느낌이었다.

생텍쥐페리의 《어린 왕자》를 그때 진심으로 만났다. 예전에 그렇게 이해가 안 되던 내용이 변한 내가 읽으니 구구절절 감동이었다. 《어린 왕자》는 절대로 어린이용의 가벼운 동화가 아니다. 글을 쓰는 사람의 아름다운 삶과 진실한 마음이 그대로 내게 왔다. 감동을 느낄 때마다 작가가 존경스러웠고 나도 그런 글을 쓰고 싶었다. 주사에 활자를 넣어 내 혈관으로 주입한 것도 아니고 단지 눈으로 봤을 뿐인데, 나를 울리고 나를 바꾸는 글의 위력은 너무 매력적이었다.

돌아보면 나도 참 이기적인 부분이 많았던 것 같다. 이기심과 고집이 합체하면 누구도 말릴 수 없는 꼴통이 된다. 제대로 된 고집을 꾸준히 이어가면 뭔가를 이룰 수 있지만, 다른 이의 의견이나 조언을 아예 듣지 않는 일명 '똥고집'은 모래성만 쌓을 뿐이다. 엄마가 권했던 길이 맞았다. 엄마가 했던 충고가 맞았다. 가진 것 없는 사람이 자존심만 세다고, 깊은 지식 없는 가벼운 나는 남의 충고를 받아들이지 않으며 알량한 자존심을 지켰다. 그렇게 지켜진 자존심은 절대 긍정적인 결과를 주지 못한다. 자존심 안에 옳은 판단을 할 능력도 빠져 있기 때문이다. 나 같은 사람은 책을 통해 도움을 받아야 한다. 진실이 담긴 작가의 잔잔한 조언이 지식과 함께 내 자존심도 지켜주니, 거부감이 덜하다.

일명, 독서의 계절이 왔다. 내 생각만 옳다고 여기던 내가, 갇힌 생각을 희석할 기회다. 나와 다른 시선, 다른 생각들을 일대일 대면해서 가르쳐주는 가장 좋은 교본, 오늘 다시 책장 주위를 어슬렁거린다.

그래서 더 글을 쓰고 싶습니다

다른 이들로부터 넘치도록 사랑을 받을 때, 누구나 되갚고 싶어진다. 계속 받기만 하는 입장은 체면도 안 서거니와 무엇보다 도리가 아닌 것 같다. 어릴 적 엄마는 "누군가 너한테 두 번의 밥을 사면, 너는 최소한 한 번의 밥을 사라."와 "남에게 뭔가를 줄 때는 좋은 걸 골라주고, 네가 험한 걸 먹어라."를 늘 말하셨다. 무의식중에 그런 엄마의 충고들이 삶의 지침이 되었다. 가끔 그런 엄마의 밥상머리교육이 족쇄처럼 불편할 때도 있었지만, 그런 도리를 하고 나면 나 자신이 맘이 편했다.

병원에 근무할 때였다. 아기들이 오는 병원이라 엄마들은 대부분 젊었다. 인간의 모습만을 갖춘 미성숙 생명체들이 온 병원을 뛰어다니거나 소리를 질러댔다. 전화를 받을 때도 큰 소리를 내지 않으면 안 될 정도였다. 거기다 엄마들의 수다도 한몫했다.

그들 중 내 관심을 끈 젊은 엄마가 있었다. 각각 한 살 차이로 아이 셋을 총총 낳은 그녀는, 늘 어두운 얼굴과 맥 빠진 걸음으로 병원엘 온다. 한 명만 아파도 셋을 데리고 온다. 다른 화려한 엄마들과는 달리 옷차림도 한결같이 늘어진 티셔츠에 추리닝 바지다. 한창 저 나이 때의 나를 보는 듯했다. 난 그녀를 유심히 봤다. 얼마나 힘들까 싶었다. 아이 셋을 챙기고 돌보려면 정작 자신은 사라지고 없는 삶일 것이다. 나 또한 그랬고, 오히려 나보다 더한 상황이니 말 안 해도 뻔했다.

진료를 기다리는 그 가족 중 둘째 아들이 유난히 병원 바닥을 뛰어다녔다. 넋을 잃은 그녀는 아이들의 존재를 떠나 다른 세계에 있는 듯했다. 살며시 아이를 붙잡았다.

"뛰는 게 그렇게 좋아?"라고 묻자 고개를 끄덕였다.

"그런데 여기는 실내라서 뛰어도 바람이 안 분다. 뛰는 건 일요일에 아빠랑 학교 운동장에 가서 뛰고 여기서는 책을 볼까?"라고 말하고 아이 손을 잡고 그림책을 골라주었다. 엄마는 미안한 표정과 함께 가볍게 눈인사를 했다.

나는 그녀에게 다가가 아이 셋을 키우기가 힘들겠다는 말을 시작으로 대화를 나눴다. 말이 많은 엄마는 아니었다. 당연히 그런 전쟁 같은 시간을 보내는 동안엔 말조차 힘들다. 아니, 말이 많고 속앓이를 말로 푸는 성격이라면 그렇게 우울하지도 않을 것이다. 나는 내 경험도 얘기하고, 불과 몇 년 안에 다 해결될 것이니 너무 상심하지 말고 지내라고 말해 주었다. 그녀는 엷은 미소를 눈인사에 섞어 보냈다.

오지랖이다. 그들이 내게 도움을 요청한 것도 아닌데…. '댁이 남의 일에 상관할 바 아니오.'라고 하면 나도 할 말은 없다. 하지만 나와 같은 입장에 멈춰 서서 힘들어하는 그들이 보일 땐, 돕지 않고는 안 되는 의무감이 샘솟는다.

글도 그렇다. 누군가의 도움을 요청 받은 것도 아닌데, 고난의 구덩이에 갑자기 빠져버린 누군가, 어둠 속에서 울고 있을 누군가를 돕고 싶다. 내가 그 구덩이에 빠졌을 땐 주위 사람들의 관심과 걱정조차 부담스러웠다. 엄마가 몰래 서랍에 넣어두고 간 얼마간의 돈도, 동생이 사다 주는 화려한 스카프도 자존심 상해하며 울었다. 심지어 엄마에게 전화해서 그러지 말라며 화를 냈다. 엄마는 얼마나 마음이 아프셨을까?

"현정아 자존심이 상했나? 그럴 거 없다. 몇 푼 안 되지만 애들 간식 사주고, 정 자존심이 상하면 다음에 엄마한테 백만 원 주면 되지. 여자는 약해도 엄마는 강한 법이다."

전화를 끊고 한참을 울었다. 글을 쓰는 지금도 눈물이 고인다.

엄마는 돌아가셨지만 당신의 위로와 격려가 내 삶에서 큰 힘이 된 건 분명하다. 내게 있어서 엄마의 존재는 '멘토' 이상이었다. 그런 엄마를 만난 인연이 내겐 행운이었다. 힘들어하는 사람들에게 그런 엄마의 마음으로 위로를 전하고 싶다. 별 볼 것도 없는 인생이, 사람들을 참 많이 괴롭힌다. 하지만 괴롭히지 않으면 모두들 미성숙한 생명체로 살다가 끝날 것이다. 괴로움이 성숙을 주고, 해결 방법을 찾게 자극을 준다. 그런 과정에서 지쳐 탈선하지 않도록, 나는 박하사탕 같은 존재가 되고 싶을 뿐이다.

세대를 이어갈 글의 책임감

만화를 못 보게 하는 건, 그 책의 내용에 있는 부정적인 부분을 금지시키는 것이다. 읽고 나서 아무런 감동도 없고, 얻어 걸리는 한 줄의 메시지도 없는 글 또한 마찬가지일 것이다. 글은 보기만 해도 이해가 되고, 뇌에 기억이 되고, 다른이에게 전달도 한다. 작가가 말한 한 줄의 명언이 평생을 좌우할 지침이 되기도 하고, 나를 바꾸는 계기가 되기도 한다.

이처럼 글의 위력은 긍정적인 면이 있음과 함께, 부정적인경우도 있다. 글을 쓰는 사람은 독자에게 긍정적인 영향을 끼쳐야 한다고 생각한다. 당연히 그런 책임감을 가져야 한다. 고전을 읽어 보면 잘못된 길, 나쁜 방법을 권하는 내용은 어디에도 없다. 그것은 진리다. 아무리 시대가 달라졌다고 해도 진리가 변하지는 않는다.

요즘은 어느 학교를 가건, 어떤 방송을 보건, 인간의 본성, 양심을 다루는 곳이 드물거나 없다. 우리들 유년의 학교에서는 그나마 맛보기라도 보여준 셈이다. 아침 시간에 담임선생님의 전달사항이 끝나면 '명상의 시간'이 방송으로 나왔다. 전교생이 그 시간만큼은 눈을 감고 명언이나 교훈이 되는 말을 듣는다. 구구절절 옳은 말이지만, 소귀에 경을 읽듯 어린 우리는 이해의 폭이 좁다. 그런데 참 이상한 효과다. 흘려들었던 그 내용들이 어느 순간 쌓이고 쌓여 판단력이라는 것이 어렴풋이 생긴다. 어른들의 행동이라도 저래선 된다, 안 된다 평가를 한다. 물론 밖으로 내 의견을 드러낼 정도로 과감하진 못했다.

말은 마음을 표현하는 수단이다. 말을 들어보면 그 사람이 어떤 생각을 하며 어떤 성향의 사람인지 파악할 수 있다. 만약 잘못된 책이나 소식을 접하고 그것에 빠져 올바른 판단력을 잃은 우리 아이들이 성인이 되었다고 생각해보자. 그들로 인해 파생되는 안타까운 일들이 얼마나 더 늘어날까? 그뿐 아니라 그들의 대를 이어 태어나는 자손들은 과연 바른 가르침을 받을 수 있을까? 옆으로 걷는 '게'가 아무리 새끼들에게 바로 걸어라 호통을 쳐도 결코 그럴 수 없음과 같다.

내가 읽었던 《채근담》은 중국 명나라 때의 책이다. 그 시절 등잔불 아래서 붓으로 한 자, 한 자 적어낸 그 내용을, 거의 500년이 더 지난 어느 날, 이름도 얼굴도 모르는 타국의 독자가 읽고 감동을 느낀 것이다. 굳이 예를 들어 본다면, 지금 시대에 지혜로 가득 찬 어느 작가가 쓴 글이 '2520년'경 어느 나라에서 태어나 자라고 있는 낯선 독자가 감동을 받을 수도 있다는 말 아닌가? 인류가 멸망한 뒤라면 모를까 그렇지 않다면 공감의 여지는 당연히 있다. 시대가 바뀌어도 삶의 지혜는 같은 맥락이니 그 시대가 와도 마찬가지일지도 모른다. 어떻게 보면 참 조심스럽고 두려운 일이다.

정보가 넘치는 세상이다. 개개인이 정보를 만들고, 취미를 보여주고, 때론 억지스러운 웃음유발을 위해 과감한 행동을 한다. 시청자나 독자들은 일시적인 즐거움에 빠져, 걸러지지 않은 정보를 덥석 문다. 때로는 추측이 사실처럼 되고, 사실은 변명으로 치부된다. 정확한 증거가 없이는 누명을 쓰는 일이 다반사다. 인터넷 시사란, 연예란의 댓글 창에는 차마 입에 담지 못할 정도로 수위 높은 폄하와 인격모독이 뜬다. 각자 의견을 말한답시고 익명성의 방패 뒤에 비굴하게 숨어서, 걸러지는 말없이 속을 드러내며 날카로운 이빨로 할퀸다.

제법 대찬 공인들은 그걸 맞받아치거나 조금 유연하게 비꼬며 반발도 하는 지혜가 있다. 하지만 나이 어린, 아직 세상의 때가 묻지 않은 마음이 여린 친구들은 그 말이 맴돌아 늘 위축되어 있다. 악성 댓글도, 완벽하지 않은 어느 인격체의 의견일 뿐이지 진실이 아닌데 한 번 받은 충격은 결국 시간이 흐르는 동안 소중한 한 명의 인생을 망가뜨린다.

글을 쓰는 일에 있어서 나 스스로 올바른 사실, 바람직한 내용을 담는 것은 다른 어떤 이유보다도 우선적인 이유가 있다. 다음세대를 위하고 인간성을 회복시키고 싶다는 거창한 이유 이전에, 가장 기본적으로 내 아이들을 위해서다. 딴 건 몰라도 내 아이들이 부정적인 사람으로 살거나, 헛된 정보를 믿고 퍼뜨리는 사람이 되지 않기를 간절히 바라기 때문이다. 많은 재산을 물려주진 못해도 올바른 생각은 물려줘야 하지 않을까?

chapter 2

성격 is 뭔들

제법 대범한 행동과 사교성

생전의 엄마 말로는 어릴 때 나는 엉뚱했다고 한다. 손에 뭘 들고 있을 땐 발가락으로 방문을 열고, 치마를 입고 옥상에서 뛰어내리면 풍선처럼 부풀어서 안전하게 내리지 않느냐고 물었단다. 그런류의 질문에 지친 엄마는 "네가 한 번 해봐라."라는 말로 내 엉뚱함을 식히셨다. 겉으론 분명 얌전하고 고분고분한데 고집이 세고, '착' 가라앉아 있다가도 어느 순간 '펑' 솟아오른다고 했다. 감정기복이 심해서 눈물도 많고, 웃음도 많고, 화난 마음도 잘 숨기지 못하고 티를 냈다고 한다. 어릴 때야 누구나 감정을 조절하거나 상황파악을 빨리하고 차분히 행동하기가 쉬운 일은 아니다. 그런 습관이 20

대에도 지속되었으니 엄마는 늘 충고해주셨다.

슬픔, 분노가 그나마 적었던 유년시절부터 난 사교성이 좋았다. 새 학기가 시작되고 반 친구들이 바뀌면 대부분은 조용히 상황만을 살핀다. 난 짝지부터 먼저 말을 걸어 공통점을 찾고 친목을 시도한다. 난 나를 숨기지 않았다. 내가 뭘 좋아하는지 어디 사는지 시시콜콜 대화를 나눠 나를 완전히 보여준다. 그리고는 상대방이 나를 선택하느냐의 여부는 시간을 두고 기다린다. 대부분의 친구들은 내 호의를 잘 받아들여줬다. 오히려 먼저 말 걸어준 걸 고맙게 여겨주었다.

친근감의 가장 기본은 칭찬이었다. 초록색 셔츠가 잘 어울리는 친구에겐 너무 잘 어울린다는 칭찬을, 글씨를 잘 쓰는 친구에겐 글씨가 너무 예쁘다며 따라 써보기도 했다. 또 새로운 변화가 있는 친구를 보면 그걸 바로 알아채서 언급해주면 좋아했다. 난 그걸 고의적인 꼼수로 쓴 것이 아닌데 그게 잘 통했다. 그렇다고 입에 발린 거짓말로 접근하진 않았다.

그런 습관이 있어서인지 어른들이나 주위 사람들에 대해 부정적인 거부감이 잘 생기지 않는다. 남편은 세상이 얼마나 험한데 아무나 하는 말을 다 믿느냐며 물가에 내놓은 애 같다고 늘 불만이다. 하지만 정작 나 자신은 상대방이 피해를 줄지도 모른다는 두려움보다 다른 장점들이 먼저 보이니 어쩔 수가 없다.

친구들을 사귀는 데는 이렇게 적극적인데, 새로운 일을 시도하거나 앞에 나서는 일들에는 소극적이었다. 늘 다니는 길로만 다니고, 늘 가는 가게만 가고, 좀 번거로워도 늘 익숙한 방법만을 썼다. 그런 내가 마음을 뺏긴 그를 본 후, 매일 두근대며 캠퍼스를 오가던 어느 날이었다. 지금 그에게 내 마음을 보여주지 않으면 기회가 없을 것 같은 조바심이 생겼다.

며칠을 고민하다가 '마음'이라는 단어 하나만 달랑 쓴 쪽지를 만들었다. 다음날 학교에서 강의실을 옮기던 그 앞에 우뚝 서서 그 쪽지를 불쑥 내밀었다. 내 옆에 있던 친구가 더 놀랐다. 당황하던 그가 손을 내밀어 쪽지를 받았다. 그 후로 얼마 동안은 그를 피해 다녔다. 그날의 나는 마치 내가 아니었던 듯 창피함이 쏟아졌다. 그렇게 한 학기가 끝나고 어느 날 머리를 빡빡 깎은 그가 한 번 보이더니 이후로 보이지 않았다.

한 6년쯤 전에 TV에서 〈경남아 사랑해〉라는 지역방송을 보았다. 지금도 사회자만 바뀌고 프로는 여전히 방송되는 것 같다. 프로 중에 '지리산의 선물'이라는 코너가 있었다. 둘레 길 25구간을 매주 1구간씩 다른 게스트를 섭외해서 리포터 랑 같이 걸으며 소개하는 코너였다. 지방방송으로는 보기 드 물게 카메라의 시선이 세련되었다. 쫓기는 느낌 없이 잔잔히 진행되는 멘트와 화면이 매력적이었다. 난 당장 지역방송국 에 가입해서 소감을 남겼다. 상대방의 좋은 느낌이나 바람직 한 부분은 칭찬을 해줘야 맘이 편한 내 버릇이었다.

'지역방송 라디오든 TV든 보고 듣다 보면, 중앙 방송과는 뭔가 다른 어쩔 수 없는 촌스러운 투박함이 있는데 이 프로 는 그렇지 않다.'

'그냥 지나칠 수 있는 사소한 대상을 소중하게 담아 클로 즈업하니 그 자체의 숨은 아름다움이 보인다.'라며 솔직한 내 의견을 적었다.

1주일 후 그 프로 담당 작가에게서 연락이 왔다. 시청자의 이런 의견이 본인들이 프로그램을 만드는 데 큰 힘이 된다는 감사 인사와 함께, 다음 구간 같이 동행할 게스트로 참석해 달라는 것이었다. 그렇게 '둘레길 15구간'에 내가 화면으로 뛰어 들어가게 되었다.

지금도 그때 작가가 녹화해준 방송분을 담은 CD가 있다. 잘 보진 않지만, 내 기억으론 세련된 프로 속에 보이는 촌스런 내 모습만 남았을 뿐이다.

돌아보면 내 안에 적극성이 다분했던 것 같다. 단지, 그것이 잦지 않아서 소심함 속에 덮여버린 적이 많았을 것이다. 하긴 나이가 들어가는 데도 자꾸 뭔가를 시도하는 걸 보면 오히려 대범하고 적극적인 나를 이제야 알아챈 건지도 모르겠다. 거기다 더 나아진 건 20대 때의 이유 없는 창피함이나 자존심 체면 따위가 전혀 걸림이 안 된다는 것이다. 나이가 주는 대범함에 아줌마가 된 넉살이 더해져서 가끔은 딸이 오지랖이라 말린다. 편의점에서 100원이 모자라 친구랑 먹을 간식을 못 사고 계속 바꾸는 애들에게 100원을 주었다. 다 내 아이들 같아 보이니 누가 말려도 이 오지랖은 어쩔 수가 없다.

나 또한 좋은 유머 감각

아버지는 대놓고 농담을 하시는 편이었고, 엄마는 얌전히 있다가 툭 내뱉는 말이 웃겼다. 정작 본인의 표정은 변화가 없다. 그것이 상황을 더 웃기게 만든다. 상대방이 하는 말을 기분 나쁘지 않게 비꼬면서 웃기는 경우도 있고, 속담이나 역사 등 모든 것들이 웃기려는 상황과 맞아떨어지면 재료가 된다.

그런 환경에서 자라서 그런지 너무 진지하고 밋밋한 대화는 지루했다. 그렇게 심각하게 굴 것도 없는데 분위기가 무거우면 견디기가 힘들었다. 친구들과 대화할 때 되도록 농담을 같이 한다. 시도 때도 없이 우스갯소리를 해대면 실없는 사람이 되지만 지루한 대화에 가끔 던지는 가벼운 농담은 오아시스 같다. 긴장된 분위기를 풀어주기도 하고 어색한 관계 혹은 경계하던 마음을 잠시 내려놓게 한다. 한 번 같이 웃고 나면 적대감이 사라지고 더 가까워진 느낌도 든다.

친구들은 나를 볼 때마다 미소를 띠었고 나와 어울리는 걸 반겼다. 흔한 말로 "네가 빠지면 무슨 재미로…."라는 말을 자주 들었다. 어릴 적 친구들은 지금도 날 떠올리면 하회탈 같이 웃는 모습과 웃겼던 모습이 기억난다고 한다. 나와 비슷하게 유머 코드가 있는 친구랑 어울리면 시너지 효과까지 난다. 내 우울의 시간에 나를 자기 집으로 초대해 차를 나누던 '지혜 엄마'가 그랬다. 첫 만남부터 얘기를 주고받는데 어색함이 없었다. 농담을 주거니 받거니 하면서 웃다 보면 내 우울은 잠시 잊혀졌고 그녀의 긍정적인 에너지가 내게 활기를 주었다. 잊고 있던 예전 내 모습을 다시 찾아준 고마운 사람이었다.

1년여의 암치료가 끝나고 추적치료 관리 중에 뇌압이 올라가 죽을 듯이 아팠다. 다시 서울로 올라가 10일 정도 입원을 하고 검사와 분석을 하니 뇌전이가 의심된다고 했다. 이제 정말 때가 되었나 보다. 하늘이 부르나 보다. 어두운 생각만 들고 아이들 얼굴만 떠오르면 그렇게 서러웠다. 처음 2인실에서는 커튼을 쳐놓고 울기만 했다.

그러다 남편의 보호자용 침대와 공간이 너무 비좁아서 공간이 좀 더 넓은 6인실로 옮겼다. 얇은 커튼 너머로 다른 환자들이 나누는 대화, 통화하는 내용들을 얼핏얼핏 엿들으며 마음의 안정을 찾았다. 나 혼자만이 아니구나. 이 병원의 첨단 기계들을 믿고, 명망 있는 의사들의 오랜 경험과 기술을 믿어보자. 포기하지 말고 약, 주사와 함께 살겠다는 내 의지도 같이 보태보자. 나름 나를 달래고 감정을 추슬렀다.

내 옆 침대엔 10살 아들을 둔 30대의 젊은 새댁이 3년째 식물인간의 모습으로 누워 있었다. 그녀를 돌보는 60대의 간병인 언니와 몇 마디 주고받으며 친분이 쌓였다. 세상의 온갖 고난을 겪을 만큼 겪은 사람치고 언니는 긍정적이었고 낙천적이었다. 언니는 아침마다 활기 찬 목소리로 환자들을 깨우고 밥을 갖다 주기도 하고, 같은 병실의 모든 환자들을 두루 보살펴줬다. 언니와의 대화도 편했다. 서로 세상을 보는 시각이 비슷하고 농담도 주고받다 보니 오랜 혈육처럼 느껴졌다.

삶은 너나 할 것 없이 모두에게 공평하다는 생각이 들었다. 겉으로 보이는 수치로만 평가하기에 우리들의 삶은 너무 복잡하고 섬세하다. 보이지 않는 그 세세한 사연들까지 적용하면 만석꾼이나 노숙자나 별 반 다를 게 없구나 싶었다. 특히 건강을 잃은 경우엔 더….

나를 많이 걱정해주는 친구는 수시로 전화를 걸어 내 상태가 어떤지 뭐가 먹고 싶은지 물어보곤 한다. 남편과 아이들 온 가족이 크리스천인 친구는 내게 하나님을 만나러 오면 낫는다며 교회를 가라고 전도를 한다. 그것도 버럭버럭 성질을 부린다.

"목자가 어린양을 그렇게 혼내면 우짜노?" 농담을 던지면 친구는 "어린양이 말을 안 들으니까 그렇지…."라며 웃는다.

내가 아프다는 소식을 들은 지인들은 하나같이 '너처럼 긍정적이고 밝은 애가?'라며 깜짝 놀란다.

돌아가시기 전 편찮으셨던 엄마는 "너 같이 착한 애가 왜 …. 미안하다. 엄마가 아무것도 해 준 게 없어서…."라고 눈물 지으셨다.

"엄마, 착하고 나쁘게 사는 건 본인이 선택한 삶의 방식이고, 건강하고 병들고는 나 스스로 건강관리를 소홀히해서 그런 거니 아무 상관이 없다. 세상에서 제일 고귀한 것을 우리 넷이 똑같이 받았으니 절대로 그런 생각하지 마셔요."

엄마는 가느다란 팔을 들어 나를 꼭 안아주셨다.

삶은 한 번뿐이다. 하루하루가 모여 한 달이 되고, 일 년이 되고, 인생이 된다. 예측할 수 없는 매일매일이 계속 펼쳐진다. 그 시절 우리네 엄마들의 삶도 편안하지 않았다. 하지만 그 와중에 농담과 웃음을 나누며 이웃들과 고단함을 잊고 살아 온 엄마의 삶이 존경스럽다. 지금의 나도 예측 못 했던 고난에 빠져 있는 셈이다. 좌절하고 울면서 그 고비를 넘고 싶지 않다. 남은 시간 남은 길은 엄마처럼, 내게 용기를 준 이웃들처럼, 밝은 눈으로 세상을 보고 웃으며 살 것이다.

주차선은 내가 지킨다

중학교 1학년 때 담임선생님은 만화를 보지 말라고 했다. 빵집에 가지 말라고 했다. 극장에 가지 말라고 했다. 귀밑 3cm로 머리를 자르라고 했고, 지각생은 오리걸음으로 운동장을 돌았다. 만화책을 벌레 보듯이 피했고, 빵집 옆을 지날 때 가게 안을 쳐다보지 않았다. 왜 만화를 보면 안 되는지, 빵을 먹으러 가면 안 되는지, 묻지도 않았고 이유도 말해주지 않았다.

고등학교 때 짝이 세계사를 잘했다. 한국 역사 외우기도 버거운데 친구는 프랑스, 독일의 전쟁과 역사를 줄줄이 읊었다. 감탄하며 비결을 물어보니 《베르사유의 장미》라는 만화

책을 아주 감명 깊게 봤는데 그 내용이 다 나온다는 것이다. 그렇게 한두 개의 역사만 재밌어도 흥미가 생겨 그 과목이 전혀 지루하지 않다는 것이다.

선생님이 좀 더 현명했다면 '만화는 좋은 내용도 있고 나쁜 내용도 있는데, 되도록이면 좋은 만화를 보고 공부에 보탬이 되면 좋겠다.'라고 했어야 했다. 빵집을 무조건 가지 말라고 할 것이 아니라 '먹고 싶은 빵을 사 먹는 것은 괜찮은데, 거기서 남학생들과의 교제는 자제하도록 해라.'라고 했어야 했다.

어른이 시키면 무조건 따르던 나처럼 생각 없던 아이들은, 어기면 큰일 나는 대역죄인이 되기 두려운 것이다. 어른이 된 후에는 그때 선생님 말을 너무 잘 들은 걸 후회했다. 만화책도 역사든 가상적인 이야기든 읽고 얻는 게 분명히 있을 것이다. 읽고 난 후에 선택여부는 정작 개인이 하도록 두는 것이 맞다.

소심한 성격 탓에 안 그래도 선 밖으로 나가거나 선을 밟는 걸 두려워하는 내가 규칙을 더 신봉하게 됐다. 재활용 쓰레기가 섞이는 걸 기겁한다. 우유팩도 뚜껑이 플라스틱이면

팩과 따로 버린다. 음식물 쓰레기도 엄격히 분리해서 생선가시와 치킨 뼈는 넣지 않는다. 길을 가면서 쓰레기를 버린다는 건 상상도 못할 일이다.

한번은 지인과 길을 걷는데 껌을 씹던 그녀는 껌 포장지를 아주 자연스럽게 놓아버리는 것이다. 난 너무 놀라 "주머니에 넣었다가 쓰레기통이 보이면 버리지?"라고 하자 "길에 쓰레기도 있어야 청소하는 분들이 할 일이 있지."라는 어이없는 답을 했다. 별로 친한 사이도 아니었지만 그 후로 그녀와 어울리는 일이 더 뜸해졌다.

운전하는 걸 좋아한다. 길에서 만나는 다양한 드라이버들의 태도를 보고 분노했다 감사했다 하면서 길 위의 문화를 배웠다. 차선을 바꿀 때 반드시 미리 깜빡이를 넣어 아부를 한다. 뒤 운전자가 인심을 써 주면 반드시 비상등을 켜 감사함의 알랑방귀를 뜬다. 주차를 할 때도 선이 비뚤어지는 게 용납이 안 된다. '바쁜데 대충 대지 뭐….' 하고 내렸다가도 비딱한 주차선을 보면 다시 조절해 놓고 내린다. 차 옆에 서서 선을 확인하고서야 안심한 나는 걸음을 옮긴다.

집 안에서 사용하는 물건도 그렇다. 어린 시절 아버지는 정리정돈에 민감하셨다. 사용한 물건은 반드시 제자리에 둬야 모든 가족이 원할 때 언제든 쓸 수 있고, 어디 있는지 찾느라 시간도 낭비하지 않으니 얼마나 좋으냐고 하셨다. 그 때문에 쓴 물건은 반드시 제자리에 두는 것이 습관이 되어 있다. 하지만 그것도 결혼과 함께 사라졌다. 정작 본인이 쓰고 난 물건을 내게 묻는 뒷손없는 한 분 때문에 지금은 흩어져 있는 애들을 제자리 찾아 넣는 게 일이다.

요리를 하던 어느 날, 양념을 하나하나 꺼내서 쓰고 뚜껑을 닫고, 다른 요리를 할 때 다시 뚜껑을 열고 닫고 반복하다가 갑자기 '현정아 너 참 피곤하게 산다.'라는 느낌을 받았다. 머리가 나쁜 건지, 이미 몸에 밴 습관이라 그런지 다른 사람의 에너지보다 2배로 버둥대는 셈이었다. 이젠 규칙보다 편리함과 적당히 타협할 때도 된 것 같다. 나 스스로 조금 여유를 가지면 가족이 편할 것도 같다. 그러다 돼지우리 되는 건 시간문제지만….

남편이 질색하는 배려 강박

　나로 인해 타인이 피해를 보는 건 용납이 안 된다. 내가 인식하지 못하거나 불가피하게 일어난 일이라면 어쩔 수 없지만 내 이성이 살아 있는 동안은 스스로 용납할 수가 없다.

　어린 시절 엄마와 시내버스를 탔다. 우리가 내릴 정류장이 가까워져 준비를 하고 있는데 할머니 한 분이 짐 보따리를 두세 개 끌어놓으신다. 난 속으로 '저 할머니 혼자서 짐을 어떻게 내리지?' 걱정이 되었다.

　그런데 도착하자마자 엄마가 짐 두 개를 훌쩍 들고 내려서 길에 두고는 뒤도 안 돌아보고 걸어가시는 것이다. 엄마 뒤를 총총 뛰어 따라가면서 존경심이 샘솟았다.

난 걱정은 되면서도 선뜻 도와준다는 생각은 왜 못했을까? 배려가 무엇인지 그날 확실히 배웠다. 내 기준으로는 나로 인해 다른 누군가가 편리함 또는 안전함을 얻는 것이다.

식당에서 밥을 먹고 난 빈 그릇들은 한 쪽에 차곡차곡 쌓아둔다. 바쁘게 오가는 아주머니들이 시간을 아끼고 혹시 모자랄지도 모르는 그릇을 충당하라는 마음이다. 남편은 집에서나 잘하라며 핀잔이다. 집에선 그럴 필요가 없는데….

밤에 운전을 할 때 헤드라이트를 자주 내린다. 상대방의 불빛이 너무 강하면 눈도 부셔 힘들지만 앞이 안 보여 위험할 때가 있다. 어떤 택시 기사님이 내 헤드라이트가 너무 밝다며 지적해준 후에, 신호를 받아 멈추거나 다소 밝은 길을 갈 땐 조명을 내린다. 역시 남편은 "다른 사람 입장 생각하다가 정작 네가 위험할 수 있다. 착한 척 그만하고 켜고 다녀라."란다.

예전 수영 동호회 송년회 날이었다. 젊은 회원 부부가 네다섯 살 아이들을 데리고 왔다. 평소 아이들을 좋아하지만 그날만큼은 그게 안 됐다. 우선 표정부터 짓궂은 사내아이는 나무상 위로 올라가 수저통을 뒤엎고 누나와 병풍 뒤를 뛰어다니며 숨바꼭질을 했다. 맘 같아서는 엄하게 혼내주고 싶었지만 그런 말을 잘 못하는 성격이다. 다른 회원들도 참고 있는 분위기였다.

하지만 정작 문제는 아이들이 아니라 부모였다. 그렇게 난리를 쳐도 혼내거나 진정시킬 생각은 않고 수다만 떨고 있는 것이다. 얼핏 듣기론 아이들을 자유롭게 키우면서 감성적인 교육을 한다는 것이다. 그들은 교육에 관심이 많아 각종 강연도 들으러 다니고 책도 많이 구입해서 본다는 것이다. 속으로 욕을 했다. 아마 그 자리에 있던 사람들 대부분이 그랬을 것이다.

다행히 조금 늦게 참석한 교복사를 하시는 최고령 언니가 한 번 큰소리로 호통을 치자 애들은 행동을 멈췄고 엄마는 허둥지둥 애들을 앉혔다.

모든 젊은 엄마들이 그렇진 않다. 다만 교육 수준이 높다고 스스로 지적 자만에 빠진 일부가 공공장소, 공공규칙을 무시한 때문이다. 그들 눈엔 다른 사람은 보이지 않고 감성적으로 아주 잘 키워진 자기의 자녀들만 보이는 것이다. 애들을 다 키운 우리 눈으로 보기엔 좀 답답한 면이 많았다.

병원에 근무를 하던 시절, 추석 즈음부터 '노인 독감접종'이 시작된다. 70세 이상은 무료라서 첫날부터 미어터진다. 인생의 황혼기를 지나는 노인들을 보면서 난 2가지를 배웠다. '저렇게 살아야겠다.'와 '저렇게 살지 말아야겠다.'이다.

주사를 맞겠다고 아침 출근 전부터 현관에 줄을 서서는 제시간에 오는 우리를 보고 왜 이렇게 늦게 오냐며 호통을 친다. 어이가 없다. 문이 열리면 내가 1등이라며 노트에 이름을 적으러 달려간다. 저렇게 에너지 넘치고 관절 건강이 좋은 분들은 접종을 안 해도 될 것 같다는 생각마저 든다.

반면 점잖은 어느 할아버지는 접종이 해당되는 것도 모르고 계셨다. 주사제가 다 소모되어 재신청을 하고 꼭 맞으시라 했더니 "약이 있으면 맞고, 없으면 안 맞아도 돼. 늙은이들 오래 살아봐야 나라 돈이나 축내지…." 하셨다. 난 그 어른의 얼굴을 꼭 기억했다가 며칠 뒤에 놔 드렸더니 기억력이 좋다며 웃으셨다.

늘 오시면 얌전히 차례를 기다리던 할머니는 누군가 급한 일로 시간이 없어 초조해하면 자기 앞에 하라며 순서를 양보해주셨다. 노인들 틈에서 순서 문제는 치열하다. 양보는 흔한 일이 아니다. 그들의 행동으로 그들의 삶이 비쳐보였다. 진심에서 우러난 배려는 대가를 바라지 않는다. 그래서 아름답다. 길에 짐을 내려주고는 뒤도 안 돌아보고, 고맙다는 인사도 바라지 않고, 갈 길을 가시던 엄마의 뒷모습이 눈에 선하다.

엄마 솜씨를 닮은 딸

외모가 아버지를 닮았다고들 했다. 친화력과 말재주도 아버지를 닮았단다. 싫은 사람, 좋은 사람 유난히 티를 내는 성격도 아버지를 닮았단다. 내가 본 아버지는 예민하고 약간의 결벽증이 있었으며 한없이 이해하고 포용하다가도 어느 순간 괴팍한 성격이었다. 그리 편안한 성격은 아닌데다 그 시절 아버지들이 대부분 그렇듯 권위적이었다. 요즘처럼 부모자식 간의 일들을 미주알고주알 나누던 시대가 아니어서 더 그렇게 느꼈는지도 모른다.

외모는 그렇더라도 성격은 엄마 쪽에 조금 가깝다. 나서기 꺼리고 남에게 부탁 잘 못하고 힘들어도 내색하지 않는다. 아버지는 대쪽같이 곧이곧대로만 직진하는데 반해 엄마는 조금 유동적이었다. 사춘기 시절 고민을 나눌 때도 엄마의 충고나 공감이 훨씬 편했다. 잔잔한 호수 같은 느낌이다.

거기다 조금 더하자면 엄마는 여러모로 솜씨가 좋았다. 재봉틀로 옷을 수선하기도 하고 헌 손뜨개 옷을 풀어 새 겨울옷을 만들어 주곤 하셨다. 아버지가 퇴근길에 예고 없이 몰고 오는 직장 동료들에게 순식간에 안주와 술상을 차려 주셨다. 엄마의 지혜가 마법 같았다.

뜨개질 옷을 많이 입던 시절이었다. 바람이 많이 불 때는 크게 보온성은 없지만, 햇살이 잔잔히 내리 쬐는 장소에 있으면 한겨울 추위를 잊을 정도다. 오빠가 입었던 옷이 낡거나 안 입는 옷이 있으면, 일일이 풀어 다시 동그란 실 뭉치를 만든다. 겨울에 입히기 위해 가을부터 엄마는 창의력을 발동한다. 꼬불거렸던 실에 증기를 쐬어 조금 생기가 돌면, 색깔도 맞추고 디자인도 여자애답게 변화시킨다. 헌 실은 여유가 없기 때문에 유난히 줄무늬 옷이 많다. 집안일 틈틈이 만들어도 일주일 안에 옷은 완성된다. 등판과 앞판을 뜨고 소매를 뜬 뒤 서로 이어 붙여서 마무리를 한다.

어깨 너머로 뜨개질을 배웠다. 대바늘 두 개에 끼워져 있는 코를 실로 이어가며 얽어간다. 엄마가 잠깐씩 자리를 비울 때마다 그대로 흉내를 내보았다. 같은 무늬 모양이 나온다. 재미있어서 다른 기법들도 배웠다. 주머니를 만들 때 유심히 보았다.

고2 때였다. 늘 우리들 옷만 만드느라 정작 엄마는 겨울 가디건이 없는 걸 보고 생신 선물로 만들어보려고 시도했다. 용돈을 모아 짙은 초록색 실을 샀다. 피부가 흰 엄마에게 잘 어울릴 것 같았다. 내 방 옷장에 실을 숨겨놓고 매일 자기 전 1시간 정도 뜨개질을 했다. 가끔 방법이 막혀 이리저리 풀었다 떴다를 반복하기도 했다. 거의 2주를 넘겨 옷을 완성했다.

"이걸 네가 떴다고? … 정말 네가 뜬 거라고?"

엄마의 작은 눈이 보던 중 제일 커졌다. 뿌듯했다. 엄마는 옷을 입어보고 거울을 보며 이리저리 돌아보셨다. 다음날 보니 소매 윗부분이 좁았는지 팔만 다시 떼어 늘려서 입으셨다. 거의 30년이 넘었는데 아직 엄마의 옷장에 초록 가디건이 있다. 엄마가 돌아가시고 유품을 정리할 때 그 옷을 보았는데 그냥 버릴 수가 없었다. 그래서 엄마가 아꼈던 물건들과 같이 남겨 두었다.

결혼 후 살림을 한답시고 매일 시장에 갔다. 서울이라 지역이 달라서인지 경상도에서 흔한 채소들이 그곳엔 없었다. 제일 뻔한 콩나물과 두부, 된장찌개, 김치찌개가 주 메뉴였다. 그렇게 서서히 요리를 시작해 아이들이 어릴 땐 이유식과 간식 등을 직접 만들어 먹였다. 아들은 여름만 되면 나의 장어국을 좋아한다. 골뱅이 비빔국수와 알탕, 잡채는 가족 모두 좋아하는 메뉴다. 요리를 따로 배운 건 아니지만, 나름 미각이 예민했던 그때는 간만 잘 맞춰도 요리들은 감칠맛이 있었다.

자식들 집에 잘 오지 않으시던 아버지가 볼일 있어 오신 김에 들른 날, 마침 곰탕이 한 솥 끓고 있었다. 국물과 곰탕 수육을 한 접시 썰어 드렸더니 코에 땀이 송송 맺히도록 맛있게 드셨다. 엄마는 내가 무친 나물이 옛날 맛이 난다며 잘 드셨다. 특히 외가가 남해 바다 어촌인 덕분에 흔치 않은 요리들도 많이 먹어 보았다. 여름철 '쏙'은 국으로 된장찌개로 또는 살짝 데쳐 각종 채소를 섞어 초간장에 버무려 먹어도 일품이다. '쏙'은 가재처럼 생겼는데 껍질이 부드러워 그대로 먹는다. 남해안에만 나는 것이다 보니 흔하지 않은데, 내 기준으로는 진상할 만한 음식이다.

겨울에는 부드러운 생 '김'에 제철 굴을 넣고 끓이면 김국이 된다. 해초라서 그런지 김국은 속이 시원해서, 아버지는 술을 드신 다음날 해장국으로 즐겨 드셨다. 결혼 후 시아버님께도 끓여 드렸더니 생전 처음 먹어본다며 신기해 하셨다. 엄마의 솜씨를 따라가진 못해도 흉내를 내다보니 이것저것 발전해갔다.

항암 후에 미각이 많이 무뎌졌다. 식당엘 가도 예전과 같은 음식을 먹어도 민감한 맛이 느껴지지 않는다. 짜거나 달거나 자극적인 맛은 더 강하게 느껴지니 요리도 점점 퇴보한다. 거기다 애써 뭘 만들어놔도 '짜네' '싱겁네' 평가를 해주시는 자상한 한 분이 계시니 의욕은 더 떨어진다. 엄마가 내게 준 이런저런 솜씨를 딸에게도 늦기 전에 가르쳐주어야겠다. 맛 평가를 하면서도 한 그릇을 싹 비우시는 한 분께는 오늘 저녁 라면이나 대접해드릴까?

제값 받으세요

요즘은 젊은 세대와 핵가족들이 많아 대형마트가 시장이다. 시간을 절약할 수 있고 주차가 쉬워 무거운 물건을 옮기기도 좋다. 평소 공산품이나 오이, 가지, 콩나물 등 뻔한 채소를 살 때는 나도 마트를 이용한다. 하지만 '봄'이 오면 시장엘자주 간다. 새로 돋은 산나물을 찾아서다. 마트에도 봄나물이나오긴 하지만 대부분 하우스에서 키운 것들이 많아 향이나맛이 노지 나물보다 훨씬 덜하다.

5일장이나 시골의 상설 시장은 활기가 넘쳐 구경만 하고다녀도 기분이 좋다. 취나물, 쑥, 두릅, 달래를 비롯해 향이짙은 냉이가 흙이 묻은 채로 소쿠리에 담겨 있다. 봄이면 향기로운 냉이를 꼭 산다. 냉이와 제철 바지락을 넣고 된장국을 끓이면 시원함을 넘어 달콤하다. 마트에서 잘 볼 수 없는 노지 산나물은 내 지갑을 퍼뜩 열게 한다. 거기다 상인이 시골 할머니인 경우 내 믿음은 더 강해진다.

콩나물과 숙주를 파는 옆코너에서 깎아달라, 더 달라 가격 흥정이 한창이었다. 요즘도 가격을 깎아달라 흥정을 하나? 하긴 재래시장의 장점이긴 하다. 어릴 적 엄마와 시장에서 본 일이 생각났다. 젊은 새댁이 콩나물 값을 깎아 달라며 칭얼댔다. 행색이 조금 초라한 할머니는 싼 가격에 넉넉히 넣어줬는데, 자꾸 달라면 안 된다며 거절했다. 그러자 새댁은 시루에서 한 움큼의 콩나물을 뽑아 달아나듯이 뛰어갔다. 급히 뽑느라 시루 아래 콩나물이 줄줄 흘렀다. 엄마는 혀를 끌끌 찼고, 할머니는 불평을 하며 떨어진 콩나물을 주워 다듬었다.

모든 물건이며 식품들이 귀한 시대이긴 했다. 그 새댁의 가계부가 빠듯했을 수도 있고, 늙으신 시부모님을 모시는 효부일 수도 있다. 하지만 내 눈엔 초라한 옷차림의 할머니가 측은했다. 노구를 이끌고 돈을 벌기 위해 그날 아침 일찍 나왔을 것이다. 콩나물이며 각종나물 들을 다듬느라 전날 밤엔 잠을 설쳤을지도 모른다. 새댁은 그 콩나물로 맛있는 밥상을 차렸을까? 그녀의 시장 무용담이 가족들의 웃음 속에 섞였을지도 모른다.

어느 여름에 시장 수박을 사는데 상인이 달라는 대로 지갑을 열었다. 아저씨는 잠시 주춤하더니 "에이… 내가 2천 원 깎아 드릴게."라며 스스로 할인을 해 주셨다.

내게 있어 상품의 가격은 상품의 양과 비례하지 않는다. 내가 필요한 만큼의 양을 적정가격에 사는 것이 황금비율이다. 최소량이 필요해도 몇 백 원어치를 달라고 할 순 없지 않은가? 상인들도 최소한의 판매 마지노선이 있을 텐데… 또 콩나물을 한 줌 뺏어온들 두어 젓가락밖에 더 될까? 알뜰함이 아니다. 그저 욕심이다. 그리고 상인들도 하루 이틀 장사가 아닌데 이미 양과 가격을 따져서 적정한 양을 준다. 그런 믿음 때문에 나는 굳이 흥정이 필요하지 않았다.

남편은 내게 "아니, 여자가 그것도 주부가 시장에서 물건 값을 못 깎나?"라며 호들갑이다. 상인들은 고객이 할인을 요구할 걸 알고, 그걸 적용해서 미리 가격을 높게 부르는 것이니 깎지 않으면 '호구' 노릇 한다는 것이다. 남편은 가격대가 다소 저렴한 시장이든, 목돈이 드는 가전제품 매장이든 가격 흥정을 잘한다. 마음에 드는 물건도 바로 선택하지 않고, 이곳저곳 비교하며 뜸을 들인다. 그는 비교하러 다니는 시간과 차 기름값은 안 보이나 보다.

대부분의 물건들은 회사마다 장단점과 특징을 가지고 있다. 그러니 내가 원하고 필요한 부분이 강하면 다른 부분이 다소 미흡하더라도 선택한다. 선택은 내가 마음에 드는 물건을 찾을 때까지 하다가 마침 그 물건을 발견하면 멈추는 것이 아닌가? 남편은 90%를 충족하는 물건을 만나도 나머지 10%를 채울 상품을 찾아 다시 순례를 한다. 소비에 대한 인식이 달라도 너무 다르다.

"맘에 드는 물건을 찾고도 더 나은 걸 찾아다니는 수고는 어리석다. 마치 선을 구십 번 보고 결국 맘에 드는 짝을 만났는데도 더 나은 사람을 기다리는 바보 같다. 절대로 100% 완벽한 사람이 없듯이 완벽한 상품도 없다. 적당히 충족된 물건을 사서 긴 시간 동안 내 손때 묻히며 잘 사용하는 것이 맞다."라고 충고를 해 줘도 한 쪽 귀로 내 말이 바로 새어 나가는 게 보인다. 그러다 가격흥정이 잘 돼 자신이 원하는 바를 이루면 자만에 찬 시선을 내게 보낸다.

"어때… 잘 봤지?"

아마 내가 먼저 시도하지 않았다면, 아직도 100%의 신붓감을 기다리는 늙은 총각으로 살고 있을지도 모른다. 하긴 이렇게 흥정을 잘하는 남편 덕에, 나는 물건 값 흥정을 신경 안써도 되니 '환상의 짝궁'이다.

할인은 나의 적

몇 년 전 동호회에서 봄 야유회를 갈 때였다. 부회장이었던 나는 총무를 맡고 있던 아가씨와 동행해 대형마트에 갔다. 20대의 직장인인 그녀는 매사에 똑 부러지고 야무졌다. 한창 필요한 물품들을 사고 있는데 과일 매대에서 선착순 50명에게만 '키위'를 세일한다며 방송을 했다. 차분히 물품들을 체크하던 그녀가 갑자기 고개를 획 돌리더니 과일 코너로 후다닥 뛰는 것이 아닌가? 난 갑작스런 그녀의 행동에 놀람과 동시에 너무 웃겨서 혼자 깔깔대고 있었다. 세일 코너에는 그녀뿐 아니라 여기저기서 여자들이 몰려왔다.

난 여태 세일 코너를 향해 한 번도 뛰어본 적이 없다. 세일을 얼마만큼이나 해 준다고 해도 필요하지 않으면 억지로 사지 않았다. 혹시 필요한 경우라면 주위를 얼쩡거려 사기도 했다. 총무는 일찌감치 뛰어 간 탓에 알이 굵은 것으로 한 봉지 담아왔다. 뿌듯한 목소리로 그녀는 "엄마가 키위를 좋아하는데, 여기 마트가 과일이 맛있거든요."란다.

"그렇다고 아줌마도 아닌 아가씨가 세일 때문에 그리 뛰나? 하하하."

"세일하면 엄마랑 자주 뛰어요."

그녀의 적극적인 활기와 건강한 밝음이 예뻤다. 내가 이 나이 먹도록 못하는 걸 그녀는 어린 나이에 알뜰하게도 챙겼다.

난 세일이나 쿠폰, 포인트의 특혜를 잘 활용하지 못한다. 아니 굳이 모으자 맘먹으면 할 수도 있겠지만 게으른 탓인지, 이익을 주는 숫자 개념에 둔감한 건지 포인트의 은혜를 무시하고 살았다. 자주 가지 않는 마트나 커피숍에 굳이 내 이름을 노출시켜가며 만들고 싶지 않다. 언제 갈지도 모르면서 덜컥 만들었다가 도장 하나만 달랑 찍힌 채로 지갑 속을 방황하는 포인트 카드도 몇 번을 버렸다. 냉장고 귀퉁이에 'ㅇㅇ치킨'의 딱지 자석이 몇 개가 붙어 있다. 애들이 있을 땐 피자니 치킨을 자주 시켜 쿠폰의 덕을 봤지만 애들이 없으니 7개에서 멈춰 10개 모으기가 쉽지 않다. 자주 사먹는 아이스크림 가게의 포인트도 내가 아닌 남편의 이름으로 만들어져 있다.

"다른 여자들은 뭘 살 때마다 쿠폰, 포인트 모아서 거의 반값에도 사고 그러던데… 혹시 모으는 쿠폰 없나?"

나도 알뜰이라면 한 알뜰 하는 사람이다. 명품가방이나 고가의 화장품에도 관심이 없고, 팔찌, 목걸이 등 귀중품도 매력이 없다. 남편의 옷은 조금 좋은 걸 사 주지만, 난 고가의 옷은 사지 않는다. 오래전 "여자가 젊을 때는 몰라도 나이가들면 몸에 보석도 좀 걸고 치장을 해야 된다."라며 엄마가 갖고 있던 패물을 몇 개 주셨다. 처음 며칠은 차고 걸고 해보았지만 영 거추장스러워 다시 넣어뒀다.

사람들은 참 이상하다. 눈에 띄게 즉석에서 금전적인 이득을 보는 포인트나 쿠폰의 혜택은 알뜰함으로 인식하고, 사치나 과소비를 안 해서 얻게 되는 절약의 이익은 왜 계산을 못할까? 직접 수치로 계산해서 보여주지 않아서일까? 오히려 왕창 아낀 절약의 이익이, 몇 십번을 가고 겨우 몇 천 원 쌓인 포인트보다 훨씬 큰 데도 말이다.

딸은 날 안 닮아서인지 쿠폰, 포인트 쌓기에 열광한다. 인터넷 쇼핑을 할 때도 포인트를 사용하고, 커피숍이나 마트, 화장품 가게 포인트도 꼭 챙긴다. 추적치료차 자주 서울로 가는 내 기차표는 남편이 몰아서 끊는다. 기차 포인트는 제법 잘 쌓여서 무료로 표를 살 수도 있는 걸 그가 놓칠 리가 없다. 요즘은 마트의 포인트가 내가 쓴 통장으로 '캐시백' 되어서 입금되니 굳이 신경을 쓰지 않아서 좋다. 몇 백 원이라도 공돈이 입금되니 기분은 괜찮았다. 이 맛에 포인트야, 쿠폰이야 모으는 모양이다.

'티끌 모아 태산'이라는 속담을 몇 년 전 개그맨 박명수가 '티끌 모아봐야 티끌'이라며 우스개 명언을 남겼다. 무시할 수 없는 티끌의 저력이 현 시점에 와서 재조명되는 것인가? 경제와 돈의 개념에 다소 둔감한 나지만, 시대가 불안한 요즘엔 내 앞에 있는 티끌을 남편과 딸 앞으로 조금씩 밀어줘야겠다.

가면이 필요할 때

친구는 날보고 '여우 같은 곰'이란다. 보기엔 여우같이 알랑방귀 잘 뀌고, 이익되는 걸 챙기고, 상대방을 말로 홀려서 알맹이만 쏙 빼서 달아나게 생겼단다. 억울하다. 내 어느 구석을 봐서 그러느냐 따져보면 "눈 내리깔고 있으면 새침하게 생겨서, 자기 손해 안 보게 생겼다."란다. 그러다 시간이 지나고 어느 정도 내 성격이나 행동을 겪어보면, 곰도 이런 곰이 없다며 '여우의 탈을 쓴 곰'이란다.

내 이익을 챙기기도 전에 다 뺏기고 있는 일이 허다한데다, 남이 농담이나 거짓말을 해도 추호의 의심 없이 곧이곧대로 믿는다. 어릴 적 오빠가 "야, 조영남이가 조용필 형님이란다." 하는 장난의 말을 그대로 믿고는 "아…! 그래 이상하게 둘이 닮았더라."라며 깨달음의 맞장구를 쳤다. 졸업하고 20년이 지난 즈음, 우연히 모이게 된 서클 동기들이 주고받는 농담을 진짜로 믿고 놀라자 동기 한 명이 "야… 현정이 너 아직도 그렇네."라며 자기들 끼리 웃어댄다. 내가 모르던 나의 팔랑귀와 타인에 대한 맹목적인 신뢰를 그들은 기억하고 있었나 보다.

반면, 잠깐이라도 상대방의 성격이나 행동거지를 통해 사람을 빨리 파악하는 성향이 있다. 자만이나 허세, 드러나고 싶은 욕구, 돋보이고 싶은 욕구 등. 관찰하다가 내 성향이 아니다 싶은 경우엔 거리를 둔다. 개인적인 친분을 쌓을 필요가 없는 경우엔 일방적인 내 행동이 크게 문제가 되지 않지만, 공적인 일이나 직장 동료인 경우는 피할 수가 없다.

결혼 전 직장에서 잘 지내던 동료들이 몇 명 있었다. 다들 개성이 넘치고 자기 주관이 뚜렷한 건강한 젊음들이었다. 문제는 '완벽한 꿈의 직장'이란 없듯이 다 좋을 순 없었다. 일도 재미있고 동료들도 좋은데 원장 부부가 '옥에 티'였다. 그것도 남편보다 아내 쪽이 까탈을 부리고, 흠을 잡고, 히스테리를 부렸다. 교육 사업을 하는 사람이라고 보기 어려웠다.

동료들끼리는 잘 어울렸다. 식사도 자주 같이했다. 갓 운전면허를 딴 초보의 좁은 차에 비집고 앉아 휴일엔 가까운 곳에 놀러도 다녔다. 자연스레 오너를 험담했다. '옆에 없으면 나라님도 욕한다' 했으니 우리들의 도마 위에서 그들은 비늘이 벗겨지고 지느러미가 잘리고 포가 떠졌다. 이해할 수 없는 그녀와 그들의 방식이 나뿐만 아니라 우리들을 힘들게 했다. 그렇게 맥주 한 잔 나누고 우리는 주말 동안 스트레스를 풀며 끈끈한 동지애를 다졌다.

1달에 1번씩은 회식을 했다. 우린 그렇게 달갑지 않은 표정들로 밥이나 먹고 오자는 마음으로 나선다. 젊은 부부인데도 아주 고령의 어르신들이 풍기는 특유의, 분위기를 싸하게 만드는 능력이 있었다. 다들 억지웃음 반, 굳은 얼굴 반으로 밥만 먹느라 회식이 조용했다. 마치 어느 절간의 공양시간 같은 식사가 끝나고 차를 마시는데 나름 이야기들이 오갔다. 놀라운 건 한 동료가 원장 부부에게 아부를 시작하는 것이다.

"힘드시죠. 그래도 두 분 교육관이 뚜렷하시니까…. @@@"

속으로 너무 놀랐다. 뒤돌아서 욕한 지가 얼마 안 됐는데, 그것도 뒷담화의 최전방에서 깃발을 날리며 우리를 선동하던 그녀가 아니었던가? 아부를 듣는 원장 부부의 표정은 여태 본 적 없이 평화로웠다. 여원장의 까만 뿔테 안경도 그렇게 차갑고 날카롭지 않았다. 나와 다른 동료들은 다소 당황한 낯빛을 숨기지 못하고 다들 어느 한 방향으로만 시선을 고정시키고 있었다.

칭찬의 아부가 잦아들 때쯤 기분이 좋아진 여원장이 내게 말을 걸었다. 평소엔 소 닭 보듯 최소한의 예의만 갖추고 퍼뜩 그 자리를 피하는 나였다. 술 한 잔의 마력에 기분이 느슨해졌는지 그녀는 "박 샘은 평소에 보면 말도 잘하고 잘 웃고 하더니 오늘은 영 말이 없네?" 했다.

난 속으로 '쳇, 댁들이 없었으면 벌써 춤추고 노래하고 난리도 아닐 거요.'라고 대꾸했지만 실제로는 "아… 예…."라며 씁쓸한 미소만 흘렸다. 무사히 회식이 끝났다.

다음날부터 아부하던 동료를 대하기가 어색했다. 나뿐 아니라 다른 동료들도 그 샘과 같이 있을 때 원장부부 뒷담화를 자연스레 자제했다. 어색함을 알아챈 동료가 우리들의 식사 시간에 "나도 내 입을 꿰매고 싶다. 저번 회식 때 여원장 삐져서 들어가고 남은 우리 원장한테 욕먹고 분위기 살벌했잖아. 난 그날 체해서 소화제를 두 번이나 먹고 손도 땄다. 길지도 않은 식사시간이니 대충 아부 떨고 기분 좋게 끝내야지. 내 덕분에 분위기는 좋았잖아." 했다.

그녀의 희생으로 잠시 동안 직장 분위기는 좋았으나, 여원장은 얼마 지나지 않아 '냉혈인간'으로 다시 돌아갔다.

난 아직도 가면을 잘 쓰지 못하지만, 나이가 들다보니 내 감정을 잠시 얼려두고 임시접대를 하는 정도는 가능하다. 겉과 속이 똑같은 아주 진실한 역할을 잠시 멈추면, 작은 충돌이나 위기를 모면할 정도는 되니, 세월의 흐름에 점점 둥근 돌이 되어가나 보다.

미다스의 손

　그리스의 신화에 나오는 '미다스'는 만지는 모든 것이 황금으로 변한다. 나도 미다스 못지않게 손재주가 있다 까불었지만 기계만큼은 친해지지가 않는다. 어렸을 때 오빠의 '마이마이' 미니 카세트를 고장 냈다. 별것도 안 만졌다. 켜고, 끄고, 되감고… 몇 개 되지도 않은 뻔한 기능이 내 손이 닿은 후에 안 된다는 것이다. 수리점에 다녀온 오빠는 안에 무슨 회로가 탔단다. '까마귀 날자 배 떨어진다'고 내가 태운 것도 아닌데 하필 내가 만지던 그 시점에 회로가 탈게 뭐람.

　컴퓨터를 만질 때도 내용을 통째 날려 먹거나, 먹통이 되거나 해서 A/S를 신청한 적이 많다. 그것도 원인은 아들이 게

임을 많이 해서 부속의 용량을 초과했다나 뭐라나…. 나의 사용방법 미숙이나 과실이 아닌 경우가 많았다. 그런데 고장 시점은 꼭 내가 만진 후이다.

'기계까지 사람 봐가면서 무시하나?'

남편은 내가 기계의 원리를 잘 모르니 그렇다며 교육을 시작한다. 훈계 반, 교육 반 자존심을 긁는 훈육 탓에 금방 끝나버린다. 자꾸 생기는 기계와의 트러블 때문에 기계를 다루는 일이 두렵다. 그래서인지 컴퓨터를 다루는 것도 더디다. 내 학창 시절엔 컴퓨터 과제보다 손으로 작성하는 과제가 많았다. 지금도 솔직히 자판보다는 볼펜이나 연필로 직접 글씨 쓰는 걸 좋아한다.

이메일을 보내거나 편집을 할 때처럼 내가 아쉬운 때에는 훈육 대왕보다 맘이 편한 딸에게 구조 요청을 한다. 딸은 젊은 머리기도 하고 여자기도 하지만, 기계를 겁 없이 아주 잘 다룬다. 새로 핸드폰을 바꾼 경우에도 낯선 회사의 익숙하지 않은 앱들을 척척 다룬다.

신기해서 어디서 배웠느냐? 어찌 그리 망설임도 없이 잘 다루느냐? 물어보면 "엄마, 요즘 애들 이 정도는 다 한다."라며 너스레다.

내가 폰을 바꾼 경우엔 딸은 미리 내 폰을 빼앗아 필요한 앱을 깔고, 지울 건 지우고, 한데 묶을 건 묶어서 화면 정리를 해준다. 곁에서 보고 있던 훈육 대왕은 "그렇게 자꾸 도와줘 버릇하면 정말 아무것도 못한다. 해주지 마라."란다. 화가 난다. 도움이 없으면 천지도 모르는 내가 어디서부터 무엇부터 시작할지 어떻게 안단 말인가? 내가 익숙해질 때까지 도와주라는 말은 못하더라도, 막무가내로 구원자의 친절한 손길을 막을 필요는 또 뭐가 있나?

'궁하면 통한다'고 글쓰기 수업을 듣고, 독수리 타법으로 화면을 채우는 동안 그나마 많이 익숙해졌다. 파일을 첨가해서 글을 올리고, 어떻게 수정을 하라는 등 자상하게 가르쳐준 딸에게 용돈을 주었다.

아파트 입주를 했을 때였다. 최첨단 아파트랍시고 모든 걸 디지털 화면에 넣어 두었다. 벽에 붙어 똑딱이던 스위치가 훨씬 마음 편한데…. 잘 켜지던 거실 등이 어느 날 내가 켜자 '픽' 소리를 내며 터졌다. 난 너무 놀라 두 손으로 귀를 막고 주저앉았다. 다른 가족이 그렇게 끄고 켜도 끄떡없던 전등이 또, 하필, 그때, 마치 내가 손대기를 기다리고 있었던 양 맞춰서 터진 것이다.

하자 보수를 하러 온 아저씨는 "에이구… 이거 처음 전기 공사하던 사람들이 잘못 붙여놨네 쯔쯧…."라며 혼잣말을 하셨다. 내 실수가 아닌데 기계들은 왜 내게만 하소연을 해대는 건지 원…. 수리를 마친 아저씨가 한 번 켜 보라고 해도, 선뜻 스위치에 손이 안 갔다. 아저씨는 이제 괜찮다며 웃으시더니 직접 켜서 보여주신다. 지금도 스위치나, 가스나, 인터폰 벨소리가 울려대면 뭣부터 만지고 꺼야 할지 긴장되어서 허둥댄다. 여기 입주한 많은 어르신들이 걱정된다.

여자들이 자판을 보지 않고 빨리 잘 치는 모습을 보면 멋있다. 여상을 다니던 내 사촌이 그 시절 타자 자격증을 딴다고 열심히 연습하던 모습은 섹시하기까지 했다. 컴퓨터 만질 일이 잘 없다 보니 여전히 독수리 신세지만, 그래도 요즘은 독수리도 많이 빨라졌다.

한글 타자 연습을 켜고 떨어지는 단어들을 쳐본다. 속도가 빨라져 내 심장이 감당할 수 없이 긴장되면 이내 손이 엉망으로 흐트러져 다시 독수리로 돌아간다. 그래도 이 나이에 새로운 것을 찾아 도전하고 훈육 대마왕의 잔소리에도 굴하지

않고 포기하지 않는 게 어딘가? 아쉬울 땐 전화로라도 구조
요청할 수 있는 든든한 딸내미도 있고, 나중에 며느리도 컴퓨
터 잘하는 며느리를 맞으면 되지 뭐….

change가 chance라고?

원인을 알았다. 남편과 자주 부딪히는 건 아직도 서로를
바꿀 수 있다는, 바꿔보겠다는 헛된 의욕 때문이다. 처음 그
를 봤을 때 큰 나무 한 그루를 본 듯했다. 깊은 산속 인적 드
문 곳에서 우람하게 자란 다듬어지지 않은 야생의 나무로 보
였다. 야릇한 의욕이 생겼다. 내가 저 나무를 가지치고 다듬
어서 멋지게 만들어보리라. 마치 평강공주가 온달을 다듬어
훌륭한 장수로 만들었듯 내게도 그럴 기회가 온 것 같았다.

서로를 지극히 위해주기만 하던 결혼 전에는 별로 티가 안
났다. 막상 살면서 여러 문제들에 부대끼자 본성이 드러났다.
그가 보기에 나 역시 마찬가지였으리라. 내 생활방식과 다른

습성, 다른 입맛, 다른 가치관….

이혼하는 사람들이 흔히 말하는 '성격 차이' 외에 '습관 차이'도 무시할 수 없다. 내가 길러지고 교육받은 본가에서의 습관들이 몸에 젖어, 각자 그것만이 옳다고 믿는다. 다른 가풍의 문화가 번져오면 이질감을 느끼고, 쉽게 받아들여지지 않는다. 문제에 부딪혔을 때 해결하는 방법을 두고도 미묘한 대립을 한다. 각자 서로의 방식이 옳다고 굳게 믿으니 한 치의 양보도 싫다. 생각해보면 어떤 문제든 해결 방법은 여러 가지가 있을 수 있고, 누구의 방법이든 해결 자체가 중요한데 엉뚱한 에너지를 낭비한 셈이다.

온달은 아예 바보였기 때문에 공주의 말을 믿고 따랐을 것이다. 현실의 남편은 바보가 아닌 자기 생각이 확고한 정상인인지라 자존심의 날을 세운다. 어느 드라마에서 사람은 고쳐 쓰는 게 아니란다. 얼마나 많은 부부들이나 연인들이 서로를 바꾸려고 하는가. 드라마와 영화에서 갈등하는 그들 대부분이 상대를 인정하지 않는 것이다.

문득 생각해본다. 자만에 빠진 젊은 날, 내가 나를 바로 판단하지 못했던 그때 나는 평강공주인 양 착각했다. 사실은 여종 '사월이'였는지도 모른다. 큰 나무를 다듬을 만큼의 능력이 안 되는 사월이가 간 큰 착각을 했는지도 모른다. 그도 나름대로 빛나는 다른 종류의 보석인데 내 욕심과 독선이 눈을 가리고 내 방식대로 깎으려고 했는지도 모른다.

나는 잠을 잘 때 아무 소리도 없고 불도 다 꺼야 된다. 잠결에 들리는 여러 잡음들은 꿈으로 연결되니 피곤하다. 그는 잔잔한 소음이 있어야 잠을 잔다. TV를 켜놓고 자는 습관 때문에 신혼 초엔 많이 부딪혔다. 몰래 끄면 바로 잠을 깨서 다시 켠다. 23년을 살고 나니, 소리를 줄이고 귀를 막으면 되니 적응했다.

자잘한 물건이라도 추억이 깃든 물건들을 잘 버리지 못한다. 그와 처음 만난 날 본 공연의 팸플릿, 카페의 성냥갑, 영화 티켓, 애들이 어릴 때 만든 꼬질꼬질한 미술작품, 그림, 태어났을 때 병원에서 받은 탯줄 등등. 자질구레한 물건에 집착한다. 언젠가 필요할지도 몰라 한 장 두 장 모은 비닐봉지가 한 박스가 된 걸 보고 그는 재활용에다 버린다. 난 쓸 데가 생길 텐데라며 아쉬워하고, 그는 '비닐봉지 성애자냐'라며 핀잔한다.

그는 필요했던 물건이라도 용도를 다하면 굳이 보관할 것 없이 버리란다. 집을 비우고 공간이 휑한 상태를 좋아한다. 가끔 내가 집을 비우거나 외출을 하면 그는 냉장고부터 턴다. 이사를 할 때도 '버려라, 안 된다'로 실랑이였다. 아마 버려진 이삿짐의 30%는 그의 손을 거쳤을 것이다.

지금 생각하면 웃긴 일이 있다. 작년 11월에 둘이서 제주도 여행을 갔다. 초겨울 날씨라 쌀쌀하기도 했고 우도에 갔을 땐 겨울비까지 내렸다. 오토바이를 대여해 달리다 보니 너무 추워서 중간에 비닐 옷을 샀다. 노란색과 분홍색의 비옷은 사진에도 선명하게 나와 애착이 갔다. 잠시만 입은 탓에 어디가 뜯기지도 않고 멀쩡해 손질해서 가방에 넣었다.

공항에서 짐을 줄이려고 한라봉을 몽땅 가방에 넣는다며 남편이 캐리어를 열었다. 그의 눈에 비옷이 거슬렸다. 버린다며 꺼냈다. 난 그걸 급히 뺏어 다시 가방에 넣었다. 그는 다시 비옷을 뺏고 나도 다시 뺏었다. 앉아 계시던 노부부가 피식 웃으셨다. 쟁탈전이 끝난 비옷은 내 빠른 동작으로 구석자리에 끼워졌다. 비닐 옷은 비행기를 타고 무사히 집에 도착해 신발장 모퉁이에 넣어졌다. 차에 싣고 다니다 보면 언젠가 갑작스런 비가 내릴 때 요긴하게 쓰일 것이다.

변하지 않는다. 노력과 억지로 일부분 변한 것도 있고, 상대를 조금씩 인정해주는 면도 늘었다. 하지만 근본적인 성향은 그렇게 변하는 것이 아닌가 보다. 그리고 변하지 않으면 또 어떤가? 이런 나로 태어나 이런 나로 길러졌고 이런 내가 조금씩 삶을 알아가고 있는데, 굳이 다른 나로 바뀔 필요가 있을까? 지금의 내 모습 그대로도 충분하다.

chapter 3

이제는 너와 나, 우리입니다

글은 나를 남기기 위한 수단이 아니다

나뭇가지 사이로 바람은 무심히 흐르고, 연잎에 내린 빗물도 욕심 없이 또르르 굴러 내린다. 거창한 시작이나 끝이라고는 없는, 지극히 평범한 그들 일상의 순간일 뿐이다. 한때 내 존재가 잊히는 게 두려운 적이 있었다. 생각해보니 그건 자만이었다. 나 역시 한낱 스치는 존재일 뿐이므로….

요즘은 경쟁하듯 나를 알리기에 급급한 시대다. 산업도 그에 맞춰서 물건을 만들고 소비된다. 누구나 주목받는 연예인이 되고 싶어 학업을 뒤로하고 춤, 보컬 학원을 다닌다. 각자 움직이는 방송국이라 불리는 'SNS'를 통해 일거수일투족을 알린다. 얼굴이 알려지고 싶고 이름을 드러내고 싶은 것이 마

치 본능인 것 같다. 발전이 점점 가속도가 붙던 불과 20∼30
년 안팎의 현상이다.

반면, 힘들던 시대를 살았던 훌륭한 인격과 지성, 예술적
인 감성이 넘치던, 지극히 평범한 많은 사람들이 스친다. 환
경이 받쳐주지 못해서 운이 없어서, 천재적인 소질을 감추고,
조용히 농사지으며 살거나 초라하게 살다가 흔적도 없이 먼
지처럼 사라진 사람들….

시장 귀퉁이에서 전을 구워 파는 비녀 꽂은 할머니를 본
적이 있다. 중간고사를 친 날 친구와 출출한 속을 달래려 자
리에 앉았다. 전을 굽는 할머니를 유심히 살펴봤다. 60대 후
반에서 70대 초반으로 보이는 그녀는 노인이었지만 고왔다.
희미하지만 기품이 흐르는 얼굴이었다. 흔히 말하는 그런 일
을 할 사람이 아니었다.

"할머니 참 고우시다. 젊었을 때 굉장히 미인이셨지요?"
내가 참지 못하고 칭찬을 했다.

"젊고 건강할 때야 다 인물이 나지…."

그녀의 삶이 궁금했으나 더 묻지는 않았다.

시골에서 딸기농사를 짓는 이모부는 장구를 기가 막히게 치신다. 어렸을 때 외가에 잔치가 있을 때마다 이모부는 장구를 들고 와 하객들의 흥을 돋웠다. 누구에게 배운 것도 아니고, 어른들이 장구 치는 모습을 보고 매료되어 스스로 장단을 익힌 것이라 했다. 가히 천재적이다.

독학의 장구 실력이 막내 이모의 결혼식 날 절정을 이루었다. 점점 빨라지는 장단과 그 시절 유행가가 떠들썩하게 울려 퍼진다. 흥을 참지 못한 손님들은 한두 명씩 일어나, 한복 치맛자락을 펄럭이며 거의 신들린 듯 춤의 작두를 탔다. 예술적인 끼도 유전이 되는지 사촌 남동생도 클라리넷에 빠져 한동안 방황하며 고생을 했다.

취중이 아니면 별로 말이 없었던 아버지는 분재취미를 갖고 계셨다. 작은 소나무나 소사나무, 철쭉, 단풍나무 등을 사 오거나 산에서 캐 오신다. 작은 화분에 심어놓고, 가지를 치고 철사로 어린 가지들의 모양을 고정시킨다. 뿌리를 내리고 안정되면서 시간이 지나면 제법 울창해진다. 여름날의 우리 집은 그야말로 '리틀 포레스트'가 된다. 여동생과 나는 화분 위에서 종이인형을 가지고 소꿉놀이도 참 많이 했다.

아버지는 매일, 마치 나무 하나하나와 대화를 하듯 순서대로 차례차례 돌아보시며, 이파리 하나 꽃봉오리 하나까지 살펴보신다. 가끔 집에 초대한 직장 동료들에게 선물로 덥석덥석 쥐어 보내기도 했다. 그중 십중팔구는 반쯤 죽어서 다시 돌아온다. 죽는 나무의 대부분은 수분 과다 아니면 수분 부족이다. 아버지는 다시 뿌리를 캐내서 손질을 하고 어떻게든 살려 내신다. 그때는 몰랐는데 지금 생각해보면 아버지의 그런 지혜와 기술이 너무 아깝다. 좀 더 살갑고 애교 부리는 딸이었으면 생존해 계실 때 그런 지혜를 많이 묻고, 배웠을 것이다.

내가 글 쓰는 걸 좋아하는 것도 그들과 별반 다르지 않다. 내 안에서 내가 끌리는 일을 찾아서 할 뿐이다. 이모부가 장구 장단으로 사람들에게 기쁨을 주던 것이나, 아버지가 동료들에게 아낌없이 분재를 선물한 것이나 다를 바 없다. 그들은 대가를 바란 것도 아니고 내가 주었노라 생색을 내기 위함도 아니었다. 그저 아끼는 누군가에게 혹은 다른 모두에게 즐거움을 주는 것이 다였다. 유명하지도 않았고 그럴 마음은 아예 계산되지 않은 담백한 삶들이다.

나의 삶은 평범하다. 이전 시대를 살았던 재능이 넘치고 지적 수준이 높고 구구절절한 사연을 품은 이들에 비하면 명함도 못 내밀 만큼 단순하다. 하지만 내 소소한 이야기로 누군가 얻어가는 위로나 기쁨이 있다면 그것이 바로 내 기쁨이다. 남녀노소 할 것 없이 흥에 겨워 춤추게 하던 이모부의 장구 소리처럼….

꼰대 같은 소리 좀 하겠습니다

예전 아버지가 뉴스를 보면서 늘 하시던 말투를 요즘 내가 하고 있다.

"요새 애들이란…."

"세상이 어찌 돌아가려고…."

그때와 지금은 생활수준도 다르고, 법도 바뀐 경우가 있고, 무엇보다 문화의 변화 속도도 무척 빠르다. 그런데도 기성세대들의 한탄은 여전하다. 먹고 사는 문제에서 조금 탈피하고, 이제는 막 쓰고 막 버리는 시대, 비행기 타고 놀러 다니는 시대가 되었어도 각 시대마다 나타나는 문제들은 뫼비우스 띠처럼 우리의 세상을 돌고 돈다.

애들이 중2가 되기까지 핸드폰을 사 주지 않았다. 맘 같아서는 고등학교 가면 사 준다 했지만, 중학생이 되니 공지나 전달사항이 다 폰으로 전해졌다. 우려했던 대로였다. 핸드폰을 쓰면서 하지 않아도 될 걱정거리가 늘었다. 자기들 말로는 인터넷으로 궁금한 자료도 찾아보고 단어공부도 할 수 있다는 둥 광고를 했지만 입에 발린 소리다. 아들은 게임에 빠지고 딸은 만화에 빠졌다. 말리거나 금지시키거나 잔소리의 영역이 아니었다. 나뿐만 아니라 또래 아이를 둔 부모들의 공통 골칫거리였다. 방학이면 더 심해지니 가족 간에 할 짓이 아니다.

핸드폰을 성년이 될 때까지 법으로 금지시키는 건 어떨까? 통신기기 대기업과 정부 사이에 그걸 법으로 정하기 어렵다면 기업의 사회적 책임감에라도 하소연하고 싶다. 판단력이 없는 어린 눈에, 오염된 화면의 유혹이 너무 많다. 심지어 천지분간 못하는 애들이 나쁜 동영상을 흉내 내 성범죄를 저지른 일이 허다하다. 죄를 지은 아이들의 잘못된 행동과 함께, 올바른 판단력을 가르치지도 않고, 방지책을 조처하지 못한 어른들의 무관심도 책임이 있다.

거기다 20여cm 밖에 안 되는 거리에 눈을 바짝 대고 화면을 보니 시력도 급격히 나빠진다. 심지어 우는 아기들, 산만한 아기들을 진정시킨다고 젊은 엄마들이 무턱대고 폰을 쥐어준다. 3살만 돼도 그 조그만 손가락으로 화면을 능숙하게 다룬다. 전자파와 눈 건강의 위험을 알려줘도 소용없다.

식당에 아이 둘을 데리고 저녁을 사 먹으러 온 젊은 엄마는, 다른 반찬은 다 두고 아이가 좋아하는 햄과 하얀 쌀밥만 준다. 그럴 바에 집에서 먹여도 될 걸 식당엔 왜 왔을까? 요즘의 아이들은 누릴 건 다 누리는 세대지만 그들이 가엾다. 건강한 환경과 먹거리 속에서 자란 우리들도 어느 순간 병들고 아픈 이들로 넘쳐나는데, 유아기 때부터 오염된 환경과 먹거리 속에서 자라는 그들은 어떻게 될까?

사회가 메말라 가는 데는 대중매체들도 한몫을 한다. 물론 정보를 제공받고 세상 돌아가는 소식을 접하는 등의 프로그램은 좋다. 그런데 요즘은 채널을 돌리는 족족 '먹방'이 없는 곳이 없다. 새로운 음식을 소개하는 프로, 많이 먹기 경쟁을 하는 프로, 심지어는 먹는 것과 전혀 상관이 없는 프로에도 상으로 마련된 전골이 한쪽에서 부글부글 끓고 있다.

사람의 몸은 화학공장이다. 먹은 것이 필요한 만큼 흡수되고 나면 배출과 저장을 한다. 과다한 영양을 태우기 위해서 호르몬과 여러 분비액들이 활동한다. 결국 흡수되는 영양 외에 쓰레기처럼 독도 쌓이는 것이다. 굶는 시대가 아닌데도 부모들은 아이를 늘 배부르게 한다. 허기를 느끼기 전에 코앞에 간식을 대령한다.

뉴스를 보면 전국에서 살인마가 들끓는 것 같다. 〈살인의 추억〉 진범이 잡혔다는데 전설처럼 남은 그 말고도 아직까지 성범죄, 연쇄살인은 계속 발생하고 있다. 뉴스를 보면 세상이 온통 살인자, 마약 중독자, 사기꾼, 강도들만 사는가 싶어 씁쓸하다. 사람들은 더더욱 마음을 닫고 선량한 사람들끼리도 눈치 보며 몸을 사린다.

인천 어느 마을은 사람들이 골목에 하도 쓰레기를 버려서 그 자리에 꽃밭을 만들고 청소를 하니 쓰레기 버리는 이가 없어졌단다. 너무 아름다운 저항이다. 뉴스도, 기분 좋고 흐뭇한 아름다운 소식만 추려 전하는 채널이 있으면 좋겠다. 선량한 마음, 고귀한 걸음을 하는 숨은 천사들이 얼마나 많은가? 그들을 찾아서 취재하고 그들의 생각과 말을 들어보는 프로가 있으면 좋겠다.

판단력이 아직 덜 자라 갈팡질팡하는 사춘기의 아이들이나, 인간성이 뭔지 배려가 뭔지, 아무 생각 없이 살고 있는 일부 인격들에게, 간접적으로라도 가르쳐줬으면 좋겠다. 아직 우리 사회에 은은한 향기를 풍기는 풀꽃 같은 사람들이 존재한다는 걸, 아직은 살 만한 곳이라는 걸 보여주면 좋겠다.

대한민국 아이들을 돕고 싶다

문맹률 0%, 세계 유수 수학 올림피아드 금메달…. 대한민국의 아이들은 참 똑똑하다. 유태인과 비교되며 한국 사람은 똑똑하다고 세상에 소문이 났다. 당연한 것 아닌가? 정규교육인 학교수업만 마치고 바로 집에 오는 애들이 과연 몇 명인가? 초등학교 입학하자마자 교과목 외에 피아노, 미술, 태권도 학원을 순례한다. 그렇게 6년을 보내고 나면 더 높은 고개가 첩첩이 놓여 있다.

내 국민학교 시절엔 학원도 없었다. 시험 전날에도 친구랑 고무줄놀이를 했다. 다들 그런 줄 알았다. 한 친구를 데리러 그 애 집에 갔을 때 마루에서 문제지를 풀던 모습을 보고, 반

칙 아닌가 싶은 묘한 기분을 느꼈다. 그래도 우리들은 행복했고 건강했고 찌들지 않았다.

오래 전 TV를 보다가 독일의 '발도르프식 교육'을 접했다. 독일의 유수한 공립학교들과 달리 조금 다른 방식의 교육을 하는 사립 학교였다. 학생들은 교실에 앉아서 교과서만 공부하지 않는다. 목공 시간엔 새집을 만들기도 하고, 남녀 구분 없이 모두들 뜨개질 숙제를 한다. 정신만 혹사시키지 않고 육체와 영혼이 균형을 이루는 교육을 한다. 전통 있고 유명한 여느 고등학교들보다 오히려 명문대학 입학률이 더 높았다.

특히 감탄한 건, 반 전체가 연극이나 드라마, 리듬 수업을 하는데, 공동 작업을 하므로 학생들은 사회성을 기르고 유대감, 조화를 추구한다. '왕따'라는 저급한 문제가 생길 틈이 없다. 획기적으로 바뀌진 못해도 유익한 점은 조금씩 우리네 교육에도 접목시켰으면 어땠을까?

세상이 변해 학생들의 수가 줄어들고, 경영이 악화된 사립대학들은 곳곳이 문을 닫는다. 대학 가기 쉽다면 쉬운 세상이지만, 그럼에도 유명학교나 인기학과는 여전히 경쟁률이 치열하다. 막상 경쟁을 뚫고 입학해도, 다니는 도중에 일부 학생은 적성과 맞지 않는 걸 발견한다. 수업은 겉돌고 부모님 체면이 맘에 걸려 쉽게 중퇴나 휴학을 하지 못한다. 중퇴한 일부 학생들은 다시 원하는 곳을 목표로 공부를 하고 운이 좋은 경우 다른 전공을 새로 시작한다. 이 얼마나 시간 낭비, 에너지 낭비인가? 꼭 이런 경쟁 구도를 치열하게 더 치열하게 몰아세울 필요가 과연 있을까?

공부도 취향이다. 강제하지 않아도 공부 적성은 공부에 집중하고 운동 적성은 운동에 빠진다. 우리나라는 왜 그토록 성적과 등수에 연연할까? 죄 없는 어린 학생들을 죽음으로까지 몰고 갈까? 70~80년대의 인구구조가 지금은 많이 달라졌다. 지금에 맞는 교육제도로의 개혁이 시급하다. 기준을 조금만 낮추거나 바꿔도 큰일 나지 않는다. 지구 종말이 오지 않는다.

교육은 학생들의 취향과 적성을 발견해, 그들 미래의 삶을 스스로 계획하도록 끌어줘야 한다. 일찍부터 자신의 길을 찾고, 다시 바꿔보기도 하고 시행착오를 거치며 찾아낸 자신의 길을 최종 선택할 시간을 줘야 한다. 단순히 선두자리를 차지

하기 위해 눈앞의 수치만 쫓을 일이 아니다. 아이 둘을 키우면서 본 현실은 학교, 학원을 돌며 밤낮 책상 앞에서 문제만 풀었지 정작 자신의 꿈은 모른다. 막상 대학 선택을 앞두고 딸아이가 "엄마 나는 앞으로 뭐가 되야 할지 모르겠다…"며 울먹였다.

어른인 나도 내가 뭘 해야 할지 모르는 판에 어떤 충고도 해줄 수가 없었다. 아이들의 미래를 어떻게 부모가 정해줄 수 있단 말인가? 할 수 있는 거라곤 겨우 취미나 좋아하는 일, 관심이 가는 분야를 같이 읊어볼 뿐이다. 그리고 결론은 적성이 아니라 점수대에 맞춰 과를 선택한다.

갈수록 체력이 약해지고, 인스턴트 음식에 노출되는 아이들의 환경이 출산율 저하보다 심각하다고 나는 본다. 점수만을 얻기 위한 교육은 아이들의 체육활동, 예능활동을 막은 지 오래다. 오히려 그 시간을 문제풀이 시간으로 바꾼다. 한창 성장기의 아이들에게 운동과 섭식도 아주 중요하다. 균형 잡힌 급식과 함께 체육시간을 더 늘려야 한다. 뛰고, 구르고, 공을 차는 운동들로 인해 아이들은 에너지를 발산하고, 숨은 재능을 찾고, 친구들과도 잘 어울리며 약자를 도와주는 선량함도 배운다. 성적으로 기 죽은 아이도 운동을 잘하면 스스로 자신감과 자존감을 찾는다. 우울한 왕따로 내몰리지 않는다.

개개인의 아이들은 하나같이 빛나는 보석이다. 아이들이 어떤 사람이 되고 어떤 인생을 살게 될지는 성적 하나만이 해결책이 아니다. 범죄자가 될 뻔한 아이를 바른 인성으로 가르쳐 선량한 사람으로 만드는 것, 스스로를 자책하며 일찍 져버릴 수도 있는 한 존재의 꿈을 살려 주는 것 그것이 진정한 교육이 아닐까?

하와이 어느 해변에 아이들과 어른들이 어울려 파도타기를 한다. 검게 그을린 얼굴에 활기찬 삶이 펄떡거린다. 아이들은 학교 수업 외에 좋아하는 일, 즐거운 일을 하며 산다. 진정 행복한 삶이 보인다. 기준은 정하기 나름 아닌가? 저 미래가 창창하고 선량한 아이들을 옥죄는 기준 말고, 좀 더 행복한 삶을 살 수 있는 기준을 다시 정하는 건 어떨까?

모두가 행복해질 수 있도록

옆도 뒤도 볼 시간이 없다. 앞만 보고 달려도 뒤처질까 두려운 세상에 어디 한눈을 판단 말인가? 내 아이만 잘 되면 되고, 나만 잘 먹고 잘살면 된다. 마치 사람들의 모습을 카메라로 빨리 돌리듯 우리들의 모습은 하나같이 같은 화면 속에 갇혀 있다. 그렇게 세월이 흐르고 나이가 들어도 달라지는 건 없고 점점 더 시간과 욕망의 노예가 되어가는 느낌이다.

화려하기만 할 것 같은 연예인들의 자살 사건이 많다. 요즘은 거기다 더해 대인 기피나 공황장애를 앓는 이들이 더 늘었다. 10여 년 전 한 남자 연예인이 스스로 목숨을 끊은 사건이 있다. 갓 결혼한 그의 아내도 연예인이었다. 이유는 무리한 사업 확장으로 진, 고액의 빚 때문이었다.

그의 죽음이 알려지면서 안타까움과 원망의 마음이 동시에 들었다. 이제 신혼인데 아내는 어떻게 하란 말인가? 왜 작은 것부터, 낮은 곳부터 시작해서 차근차근 단계를 밟아 발전할 생각은 않고, 큰돈으로 화려한 시작부터 하려고 했을까? 안타깝고 짜증이 나 다른 채널로 돌려버렸다.

마침 다른 채널에서는 인도네시아의 한 섬이 방송되고 있었다. 구부정한 허리, 뼈와 가죽만 남은 듯한 종아리, 누렇게 변한 낡은 옷을 입은 노인들이다. 친구인 듯 보이는 서너 명의 노인은 쪽배를 타고 나가 물고기 몇 마리를 잡았다. 그러고는 해변으로 와서 장작불을 지핀다. 가장 원시적인 방법으로 꼬챙이에 끼워진 생선들은 바삭하게 익어간다.

가무잡잡하다 못해 윤이 나는, 곧 벗겨질 듯 밀린 주름의 얼굴들은 연신 미소를 띠고 있다. 누군가 가지고 온 소금을 꺼낸다. 노인들은 소금 몇 알씩을 묻혀 근사한 만찬을 즐긴다. 그들이 누리는 소박한 호사이다. 노인들은 대화를 나누며 넘어갈 듯 웃는다. 다들 이가 반은 빠지고 몇 개 안 남았다.

그들의 웃음에 나도 덩달아 미소를 띠다가 갑자기 뭉클함을 느꼈다. 행복의 한가운데 있는 듯했다. 그들은 자신들이 행복의 한가운데를 지나고 있음을 알까? 지구 어느 한구석에서는 더 가지려고, 유명해지려고 상대를 속이고 할퀴며, 괴로움 속에 버티는 이들이 있다는 걸 상상이나 할까? 아무것도 없지만 행복만 가진 듯한 그들과, 다 가졌지만 행복만 빠진 듯 대비되는 두 장면이 인상 깊어 아직도 떠오른다.

행복을 어떻게 객관적으로 평가하는지 잘 모르겠지만, 한때 행복지수가 1위였던 티베트도 마찬가지다. 삶의 환경은 어디와 비교해도 뒤지지 않을 만큼 척박하다. 산소가 희박한 고산지대, 척박한 토양으로 작물재배가 어려워 겨우 키워내는 감자와 가축 몇 마리에서 얻는 고기가 주 양식이다. 그런데도 그들의 얼굴엔 불평이나 누구를 원망하는 듯한 기색은 보이지 않는다. 오히려 발갛게 그을린 순박한 미소만 지을 뿐이다.

그들에겐 야생의 동물들처럼 삶을, 있는 그대로 받아들이고 순응하는 유전자가 있는 것일까? 무엇이 그들에게 온전한 평화로움을 주는 것일까? 종교였다. 종류를 떠나서 종교는 나약한 인간들의 든든한 기둥처럼 느껴졌다. 환경이 주는 열악함 때문에 어쩌면 더 신께 의지하는지도 모른다. 일 년을 계획하고 떠나는 순례길에서 그들은 오체투지를 한다. 신께 다가가는 가장 겸허한 자세로 한 걸음씩 이동한다. 그들은 개인의 영광이나 부귀영화를 기도하지 않는다.

신을 위해, 나라를 위해, 왕을 위해, 이웃을 위해, 그리고 마지막으로 나와 가족을 위해 기도한다. 욕심 없는 삶을 살고 난 후에 죽음을 맞이하면 그대로 독수리 떼에게 내어준다. 삶에서 자연에 순응했듯이, 죽음에서도 자연에 순응하며 생을 마감한다.

남보다 더 가지고, 많이 뺏어 올수록 행복하다는 이가 있다면 말릴 수 없다. 각자 기준은 다르게 마련이니까…. 하지만 나눠주고 기부한 후에 오는 행복감은 훨씬 더 크다. 보이지 않는 행복을, 느낌으로 보여주는 신의 선물이 아닌가 싶다. 많이 가진 사람만 나눌 수 있는 것이 아니다. 가진 것이 없다고 아무것도 줄 수 없는 게 아니다.

굶주린 앙상한 아이들, 전쟁으로 쫓겨 다니는 겁에 질린 아이들, 희귀질병에 걸린 사람들과 심지어 새끼들을 굶기며 먹이를 찾아 헤매는 북극곰까지 어느 하나 소중하지 않은 생명은 없다. 행복이 차고 넘치는 데도 하루하루 불평으로 사는 우리들, 행복이 어디 있는지 찾아 헤매는 우리들. 생의 절벽에 매달려 있는 그들을 떠올려볼 일이다.

허무한 계획

대학을 다닐 때, 토요일마다 특수학교로 봉사를 가는 서클이 있었다. 언제나 그런 류의 일에 끌렸다. 망설임 없이 가입했다. 주5일제가 도입되기 전이라 토요일도 수업이 있었다. 정류장에서 선배들과 기다리다 학교버스를 타고 근교에 있는 학교까지 간다.

특수학교는 보통의 학교와는 분위기가 다르다. 지체장애, 뇌전증, 자폐증, 다운증후군 등 각종 장애를 안고 태어난 친구들이 자기세계에 빠져 있다. 침을 질질 흘리며 어눌한 말로 "안녕하세요?"를 말하고, 웃을수록 얼굴은 일그러졌지만 사랑스러운 아이들이었다. 나보다 나이가 많고, 머리를 빡빡 깎은, 키가 큰 남학생이 내 팔을 잡고 친근함을 표했을 때 다소 놀라긴 했지만 익숙해진 후에는 아무렇지도 않았다. 다운증후군 친구들은 얼굴이 모두 닮았다. 동그랗고 큰 눈에 늘 미소를 띠고, 노래를 부르는 그들은 마치 어느 동화 속에 나오는 요정 떼 같이 신비로웠다.

그들의 수업을 돕고 체육시간 공을 들고 어울려 놀면 나까지도 즐거운 시간이 된다. 누군가를 돕고 마음을 나눈다는 것은 피로함을 몰아낸다. 선생님들은 우리에게 '감사하다' 했지만, 봉사를 끝내고 올 때의 알 수 없는 행복감은 덤으로 받은 선물 같았다.

학교를 졸업하고 바로 취업이 되지 않았다. 한 3달을 빈둥거리다 보니 시간이 아까웠다. 이 시간을 헛되이 보내기보다 보람 있는 일을 찾아보자 싶었다. 집 근처에 '성 프란치스코 수도회' 소속의 양로원이 있었다. 바로 찾아가서 뭔가 도울 일이 없겠느냐 물으니, 나이가 60은 되어 보이는 일본인 수녀가 특유의 말투로 "요기는 건강한 어른들 있어요. 25번을 타고 종점 가면 거기는 지체를 맘대로 못하는 어른들 있어요."라며 미소 지었다.

도착한 곳은 깨끗한 시설과 잘 가꿔진 정원이 한창 신록으로 덮여 있었다. 사무실에 가서 인사를 하고 취직되기 전까지 매일 봉사를 오겠다고 했다. 일은 단순했다. 노인들의 기저귀를 갈고 세탁하는 일을 돕고, 식사 시간이 되면 휠체어로 그들을 식당까지 모셔가 잘게 다진 반찬과 밥을 떠 먹여 준다. 가끔 남는 시간엔 손발톱을 깎아 주거나 귀이개로 귀 청소를 해주었다. 노인들은 귀청소를 아주 좋아해서 내가 도구를 들고 방에 들어가면 여기저기서 주문이 쇄도했다. 귀청소가 끝나면 '갑자기 잘 들린다'는 둥, '개운하다'는 둥의 감사를 전해주셨다.

종이 기저귀를 쓰지 않은 탓에 세탁실은 늘 물에 담긴 기저귀가 가득했고 냄새도 심했다. 고무장갑을 끼고 여사님들과 같이 빨래를 돕자 "아이구… 아가씨가 하기에는 힘들 텐데…"라며 되도록 배려해주셨다. 왜 그런지는 아직도 모르겠지만, 나는 그게 전혀 더럽다거나 역겹게 느껴지지 않았다.

"수녀해도 되겠다. 수녀복도 잘 어울리겠어. 내 딸은 내가 수녀 시켰어."

친해진 그녀가 내게 종교인의 길을 권했으나, 난 결혼하고 빨리 아기를 낳고 싶었기 때문에 선뜻 동의할 수는 없었다.

초여름의 햇살이 눈부신 옥상에는, 빨랫줄마다 빈틈없이 하얀 기저귀가 날렸다. 두어 달이 되어갈 즈음 학교에서 연락을 받고 취업이 되었다. 특유의 향기가 나는 인도인 수녀였던 '먼주' 수녀님은 하나님이 도우셨다며 나보다 더 기뻐해 주었다.

40살이 넘은 어느 날 문득 내 미래를 생각해봤다. 평범한 대한민국의 보통 아줌마로 누구나 살아간 것처럼, 나도 그 길을 걷게 되겠지. 아니 그보다 조금 더 내가 만족하는 가치 있는 삶에 도전해보고 싶어졌다. '해외 봉사단'을 찾아보았다. 다행히 60세 미만의 누구나 갈 수 있었다.

양가 부모님들이 다 돌아가시면, 아이들이 성인이 되어 집을 떠나면, 내가 하고 싶은 일을 하러 갈 것이라고 남편에게 말했다. 의외로 남편은 흔쾌히 승낙을 해줬다. 난 열대의 아이들을 돌보기엔 엄마로서의 경험 외엔 아무런 자격이 없었다. 나이는 점점 들어가는데 50살이 되기 전에 주사 놓는 기술이라도 배우고 병원 경험을 쌓아야겠다고 생각했다. 바로 '간호조무사' 자격증에 도전했고 1년 동안 열심히 공부해서 자격증을 땄다. 병원 경험도 조금씩 쌓아가며 점점 내 꿈에 가까이 다가가고 있었다.

왜 계획은 언제나 빗나갈까? 내 나이 50이 넘었고, 양가 부모님들도 모두 돌아가셨고, 아이들은 성인이 되어 각자 자기 길을 가느라 집을 떠났다. 모든 조건이 충족한데 내가 아프고 말았다. 예상 못한 삶의 복병이 불쑥 나타나 노년의 내 계획을 흩어놨다.

"빨리 낫고 가면 되지. 밥 자꾸 안 먹으면 아프리카 못 간다."

남편은 아직도 내 아프리카 행을 응원한다지만, 환자가 가서 폐나 끼치지 뭘 하겠는가? 흐트러진 계획에 내 삶은 '잠시 멈춤' 상태이지만, 이 시간이 지나면 잘 관리한 건강한 몸으로 다시 보람 있는 일을 찾을 것이다. 약보다 오히려 효과 좋고, 부작용 없는 내 안에서의 뿌듯한 보람이 가장 용하다는 걸 나는 잘 알고 있다.

진흙 속의 연꽃

청소년의 시기란 우리 몸으로 치자면 허리쯤 와 있는 셈이다. 아기 티를 갓 벗어나 조금씩 자신의 생각이 커져가는 시기다. 하지만 조금 풍족해지고 여유로워진 현대에서 청소년은 조금 더 어린 느낌이다. 물론 그것도 처해 있는 환경에 따라 당연히 다르다.

5학년 때 아버지 심부름을 가다가, 열린 대문 너머로 상복을 입은 내 또래의 아이가 멍하니 문밖을 보고 서 있는 걸봤다. 알지 못하던 얼굴이고, 슬픈 분위기에 압도되어 이내그곳을 벗어났다. 6학년이 된 날, 그 애와 내가 같은 반이 되었다. 공교롭게도 바로 우리 집 옆으로 이사도 와서 친구와 나는 급격히 친해졌다. 불과 얼마 전 아버지를 여의고 엄마와 네 딸이 가족이었다. 친구는 맏이였고 막내가 겨우 5살이었다.

생활을 위해 친구 엄마는 세상 속으로 뛰어들었다. 새벽같이 일어나 채소며 과일을 떼다가 시장에서 장사를 하셨다. 그 후로 집안일은 친구가 도맡았다. 세 동생을 깨우고, 아침을 챙겨 먹이고, 빨래며 집안일을 했다. 그리고는 도저히 맡길 곳이 없는 막내를 데리고 학교 가는 길에 꼭 내게 들러 같이 갔다. 담임선생님은 맨 뒷자리 두 개를 친구 자매에게 내어 배려해주셨고, 막내는 다행히 별 투정 없이 그림을 그리며 놀거나 잠을 잤다.

친구는 환경에 비해 밝고 씩씩했다. 체육시간에도 능력을 발휘했고 공부도 잘했다. 어린 나이에 이미 어른의 마음을 장착해버린 애늙은이 같았지만, 친구는 유년의 허름한 시간을 누구 못지않게 건강하게 보냈다. 중학교 3학년 때 담임선생님이 연합고사로 인문계 학교를 가라고 권하자 친구가 말했다.

"저 돈 벌어야 됩니다. 마산에 있는 한일여상엘 가겠습니다."

한일여상은 담요로 유명한 섬유회사였는데, 낮엔 직장 생활을 하며 돈도 벌고, 밤엔 정규교육을 받는 곳이었다. 물론 정식 학교보다는 수업이 덜하다. 매번 방학이 되어 시간이 나면 친구는 집으로 왔고 항상 우리는 만났다.

"힘들지?"

라고 묻는 내게 대수롭지 않게 대답을 한다.

"저번에 낮에 일하는데 하도 졸음이 쏟아져서 염색물이 펄펄 끓는 통에 손을 잠깐 담갔다 뺐다. 진짜 뜨겁더라."

나로선 상상도 안 되는 용기다.

그렇게 3년이 흐르고, 학교에서도 인정받은 친구는 담임이 이미 마련해둔 회사의 주요 사무직 자리를 고사했다.

"저 대학 갈 겁니다."

친구는 1년 재수를 각오하고 학원에 등록을 했다. 난 단순히 대학 졸업장을 위한 공부겠거니 생각했는데 친구는 자신의 생각이 확고했다.

"특수교육학과에 갈 거다. 몇 학교가 없네. 제일 가까운 곳이 '대구대학'이다."

친구가 나온 학교는 대학을 대비한 수험공부는 소홀했다. 빠진 과목도 많고, 심도 있게 배우지도 않았다. 그런 악조건에서 재수 1년이 과연 효과를 발휘할 수 있을까 걱정스러웠다. 친구는 내가 가지고 있던 입시대비 참고서적을 달라고 했고, 그리 열심히 하지 않은 나의 깨끗한 책은 친구의 참고교재가 되었다.

당연히 친구는 한 번에 합격했다. 놀라웠고 기특했다. 모든 일이 환경 문제가 아니라, 본인 스스로의 정신력과 실천력의 결과라는 걸 몸소 보여준 것이다. 친구는 낯선 지역의 학교를 다니며, 낯선 더위와도 싸우며, 같은 과의 선배를 만나 인연도 찾았다. 부부의 인연을 맺고 두 아들을 낳은 친구를 언젠가 만났다.

"현정아, 나는 인생을 두 번 사는 것 같다. 우리 막내를 내가 키웠는데, 지금 다시 내 아이를 키우니 내 인생에서 두 번 엄마가 된 것 같더라…."

친구에 비하면 난 정말 아기 같았다.

"너 정말 대단하다. 의지하지 않고 스스로 인생을 개척해 낸 사람은 내 주위에서 못 봤는데… 어떻게 그런 용기나 배짱이 생기는지 참 신기하다."

라고 하니 친구는 이렇게 대답했다.

"환경이 되면 누구나 그렇게 한다. 너도 아마 내 상황이었다면 충분히 그랬을 걸?"

"쉽게 돈 버는 방법도 많은데, 그런 길로 빠지지 않고 올바른 길로 가준 것도 기특하다."

"내 밑에 동생이 줄줄이 있는데 어떻게 그런 길로 가노? 그리고 내 얼굴을 좀 보고 말해라."

난 친구와 눈을 마주치고 둘이 한참을 웃었다. 하긴 친구는 쉽게 돈을 벌기엔 얼굴이 너무 씩씩했다.

지금 친구는 대구에서 특수교육학교에서 교편을 잡고 있고, 평교사였던 남편을 장학사로 만들었다. 누구나 아무것도 쥔 것 없이 이 세상에 와서, 아무것도 지니지 않고 생을 마감한다. 우리가 가져갈 수 있는 것이라곤 열심히 살아온 젊은 날의 성실한 기억과 가까이 지내던 좋은 사람들과의 아름다운 추억들, 그것이 전부다.

이제 막 인생의 광야에 발을 디디려 하는 모든 청소년들, 잠시 넘어져 희망을 잃은 이들은, 남은 삶이 기다리는 새로운 날을 맞으러 가자. 지금 처한 상황에 굴하지 말고, 딛고 일어서자. 아마 마지막 눈 감을 때 누구보다 값진 인생을 살았노라며, 만족한 삶을 산 자로서 값진 주먹을 꼭 쥘 수 있을 것이다.

그 남자가 사는 구역

　직장엘 다니던 매일 아침 8시 40분. 매일매일 같은 시간을 지나는 내 눈에 항상 그가 보였다. 처음엔 골목 한 모퉁이 노모가 운영하는 아주 영세한 선술집에서, 아침부터 술을 마시고 있는 그가 참 한심해 보였다.

　모두들 밝은 햇살을 이마에 받으며 활기차게 시작하는 아침에 저 무슨 어리석은 삶인가? 40대 후반 남짓, 작은 키에 스포츠머리, 초점 없이 풀린 눈, 'GOOD DAY'라고 씌인 아이러니한 모자. 어떤 땐 상대도 없는 바둑판을 두고, 허공 높이 들고 잠시 멈춰 있는 검은 돌을 쥔 검지와 중지의 가냘픈 떨림을 본 적도 있다.

비 오는 어느 날, 길가에 놓인 평상에 앉아서 자신이 앉은 자리 주위를 볼펜 하나만으로 온통 꽃그림을 그리며 가득 채우고 있었다. 사실 조금 놀라긴 했다. 마치 우리가 무심코 지나치는 길가에 이름 없고, 눈에 잘 띄지도 않는 풀꽃이, 오직 향기 하나만으로 자신의 존재를 알리는 느낌이라고나 할까?

폐인 같은, 그 술의 나날로 현실을 도피하는 듯한 그의 인생을 옹호하는 것은 아니다. 어쩌면 그는 아주 유복한 어린 시절에 개인교사를 두고 그림 공부를 한 미술학도일 수도 있고, 눈을 빛내며 번창하던 사업체의 실패한 'CEO'였을 수도 있고, 행복한 가정을 지키고 있던 든든한 가장이었을 수도 있다.

내가 보는 기준이나 잣대는 주로 현실적인 것에 맞춰져 있다. 약간의 동정심은 들지만 그래도 저런 삶은 당연히 바람직하지 않다. 왜 젊디젊은 나이에 저런 식의 실패한 삶을 살까? 그런데 생각해보면 한때의 나도, 모든 삶의 정상적인 기준을 벗어나 버리고 싶은 때도 있었다. 다행히 그것이 길지 않았고 우리 몸이 자가 치유의 능력이 있듯이, 내 운명도 그것을 스스로 치유해주었다.

아직 폭이 좁은 내 안의 기준으로는 그에게도 그런 운명의 치유력이 발동하기를 빌고 싶다. 단순히 그를 한심하게 보기엔, 그의 그림 속 꽃들이 너무 아름답기 때문이다. 그의 모자에 쓰인 'GOOD DAY'가 너무나 간절히 그의 방황이 끝나기를 기다린다고 느껴지기 때문이다.

매일 아침 나는, 마치 '만다라'와 같이 하루만 지나면 지워져버리는 그의 꽃그림이 보고 싶었다. 평상을 지나며 흘깃 본 그는 홀로 바둑을 두고 있었다. 술값이 없는지, 주인아주머니가 일거리로 맡긴 고구마 줄기를 까며, 혼자 몰입해 있는 그 끝도 없는 외로운 바둑을 허공에 두고 있다.

나의 멘토, 나의 엄마

하필이면 고3, 2학기였다. 다들 막바지 공부에 전념하느라 앞만 보고 달리던 그때였다. 부끄럽지만 내 생애 처음이자 마지막으로 '왕따'를 경험했다. 늘 주위에 친구들이 많았고 원만했던 내게 그때의 시간은 지옥이었다.

반장과 나는 3학년 초부터 친하게 어울렸다. 그 애가 먼저 자기 집에 가서 시험공부를 하자고 했다. 특별히 뛰어나고 잘하는 것도 없는 어중이, 떠중이 우리 둘은 공부 반, 노는 것 반 그 애의 집으로 갔다. 반장은 큰아버지 댁에서 살고 있었다. 자기 말로는 어릴 때 부모님이 헤어지셔서 이후로 쭉 큰집에서 자랐다는 것이다. 할머니도 계셨다. 배경이다 뭐다 따지고 친구한 것이 아니기 때문에, 난 상관하지 않았다.

그런데 같이 어울릴수록 불편한 점이 하나 있었는데, 그것이 문제가 되고 말았다. 반장은 나와 둘이 있을 때와 많은 사람들 틈에 있을 때 행동이 달랐다. 사거리 횡단보도와 신호대기 중이거나, 사람들이 많은 곳엘 가면 목소리나 웃음소리가 커지고 과한 행동을 하는 것이다. 난 사람들의 시선이 집중되는 걸 아주 싫어하는데 그 애는 시선을 끌려고 애썼다. 견디다 못해 쪽지를 썼다. 보통 친한 친구의 쪽지를 받으면 '고쳐보겠다.' '몰랐는데 미안하다.' 등의 답장이 일반적인데 친구는 다음날 딴 사람이 되었다.

나를 본 체 만 체하는 것부터, 친하게 지내던 내 친구 3~4명을 자기가 다 뺏어간 것이다. 쉬는 시간에는 그들끼리 모여 속닥거리며 크게 웃다가, 나를 흘끔흘끔 보았다. 기분이 아주 나쁘고 비참했다. 정말 친했던 두 친구는 나와 마주치면 어색한 미소와 함께 내 눈을 먼저 피했다. 우울하고 슬펐다. 누군가가 나를 배척하고 꺼린다는 생각이 드니 자존감도 떨어지고 서러웠다.

짝지는 책상에 엎드려 있는 나를 다독이며, "신경 쓰지 말고, 문제지나 풀자."고 위로했다. 싹둑 자른 커트머리에 추울 땐 볼이 빨개지는 촌스러운 친구였지만 의지는 대단한 친구였다. 자율학습도 반은 하고 반은 울고, 대학이고 뭐고 다 포기했다. 가을 내내 엄마에게 하소연을 했다.

"엄마 나 시험 때까지 어디 절에 가 있다 올까? 학교는 정말 가기 싫다…."

사정을 들은 엄마는 걱정 가득한 눈으로 나를 보았다.

"그렇게 힘들면 엄마가 어디 알아볼까?"

엄마는 늘 그랬다. '쓸데없는 소리 말고 공부나 해!'라든가 '쪼끄만 것들이 못된 버릇을 하니 내가 가서 따끔하게 혼내주마.'가 아니라 늘 나를 다독거렸다.

내 고민을 확장시키지 않고 공감부터 해주는 엄마의 태도가 큰 위안이 되었다. 엄마는 마치 내 심장을 복사해 넣어서 내 마음과 똑같이 느끼는 것처럼 위로했다. 그러나 현실은 쉽게 내 희망대로 되지 않았다.

어찌어찌 시간이 가고 대입 시험을 쳤다. 난 합격을 했고 반장은 떨어졌다. 촌스럽던 내 짝지는 '한국교원대'에 합격을 했다. 백조가 될 일만 남은 것이다. 난 진심으로 기뻐해주었다. 졸업을 한 후 학교생활 하느라 잊고 있었다. 아니 별로 기억하고 싶지 않았다. 3학년이던 어느 날 시내를 지나다 반장을 봤다. 어색한 내게 친구가 먼저 아는 체를 하며 다가왔다. 친구가 사주는 차를 한 잔 나누면서 서로 근황과 안부를 물었지만, 둘 다 고3 때의 일은 입에 올리지 않았다. 그렇게 우연한 만남을 하고 돌아서니, 난 그 애의 사과를 받은 느낌이었다. 그 애도 아마 내가 용서한 느낌을 받았을 것이다.

그 위태로운 시기에 엄마라는 존재가 아니었다면 어떻게 건너왔을까? 그녀는 기능성 세제가 없던 시절 빨랫비누 한 장으로 백옥같이 희고 고소하게 빨래를 해서 입히셨다. 새벽같이 일어나 네 개의 도시락에 밥과 반찬을 나눠 담았다. 판단력과 고민에 미숙한 우리들에게 칼끝보다 날카로운 냉철함으로 길을 보여주셨다.

공부보다 도리에 어긋난 행동 앞에서는 가차 없이 매를 들었던 그녀. 나의 영원한 멘토가 떠난 지 1년 5개월이 되었다. 아직 내 기억 속에 엄마는 시골집을 지키며 정원을 가꾸고 계신다. 지금이라도 아이들을 데리고 가면 양팔을 활짝 열고 달려 나와 안아주실 것만 같다.

외가의 추억

　돌이켜보면 행복하지 않은 순간은 사실 없었다. 젊고 건강했고 자만에 빠져 살던 나이에는 매사에 불만이었고 비교하며 안달했지만, 몸이 아픈 후에 많은 생각들이 바뀌었다. 우리들의 삶은 어떻게 살아가든 결국 결말은 행복이라고… 신은 절대 우리들에게 불행을 주지는 않는다고… 만약 고통의 심연에 빠져 있다면 행복을 보는 눈이 없거나 아니면 안목이 아주 낮다고….

　신혼의 어느 휴일, 베란다에 하얗게 날리는 빨래를 보며 행복했다. 학창시절 겨울 지리산 종주를 하고 눈과 비에 젖어

덜덜 떨며 집에 왔을 때, 엄마가 미리 이불 속에 데워둔 속옷과 따끈하게 끓인 시락국에 행복했다. 이렇게 행복은 순간순간의 장면으로 내게 기억되어 있다.

그중 특히 5~6살쯤 외가에서 보낸 몇 달 간의 시간은 아직까지 꿈에 보인다. 아래로 연년생 동생이 둘이었던 나는, 육아로 힘든 엄마의 곁을 잠시 떠나 외가로 갔다. 마침 아버지의 근무지가 외가 근처로 발령 나는 바람에 왕래가 쉬워진 이유도 있었다.

할머니 손을 잡고 동네 어귀에 들어섰을 때, 우물가에서 빨래를 하던 동네 아낙들이 미소를 띠며 나를 바라보았다. 외가 옆 작은 묵정 밭은 제멋대로 씨앗이 튕겨져 자란 봉숭아가 한가득 피어서 특유의 짭짤하면서도 상큼한 향기를 종일 뿜어댔다.

특별한 놀이나 친구가 없던 나는 하루 종일 할머니 뒤를 쫓아다녔다. 이른 아침을 먹고 밭에 가시는 할머니의 하얀 고무신에 이슬이 흘러들어 삐걱삐걱 소리가 났다. 할머니 발꿈치에 밟히던 풀이 벌떡벌떡 일어났다. 난 그게 너무 재미있어서 할머니 발자취 그대로 따라가며 풀을 밟고 뒤를 돌아보았다. 풀 냄새, 향기가 너무 좋아서 늘 킁킁대며 따라갔다. 지금도 등산을 가면 그 습관이 남아서 풀이며 꽃에 대고 킁킁댄다. 그러면 남편은 개랑 등산하는 것 같다며 핀잔이다.

여름밤엔 평상 위 할머니 무릎에 누워, 마실 오신 옆집 할머니의 도란도란 목소리에 스르르 잠이 들었다. 할머니가 가끔 부채로 탁탁 쳐서 모기를 쫓아주셨다.

외가는 어촌이었다. 약간 언덕 위에 있던 집 마당에서 내려다보는 전망은 너무 좋아서 지금도 그 장면을 떠올리면 마음이 설렌다. 늦잠을 잔 날 할머니가 안 계시면 마당에 나가 바다를 본다. 아침 해가 떠올라 바다를 비출 때 반짝이는 은가루 같은 바다는 환상적이다.

난 한참 동안을 서서 그 바다와 갈매기와 통통배와 작은 섬을 보았다. 전혀 지루하지 않았다. 그 기억 때문인지 난 애들이 어릴 때 뭔가를 보거나, 생각에 빠져 있을 때 그대로 두었다. 그 시간 속에 각인된 기억이 아름답다면, 지금 나처럼 평생 꺼내볼 보물이 되기 때문이다.

겨울에는 부업으로 김을 만드셨다. 그때는 양식 김이 없던 시절이라, 자연산 김을 잔뜩 따오면 할머니는 그걸 맑은 물에 몇 번을 씻는다. 깨끗해진 생김은 다시 물이 담긴 큰 대야에 붓는다. 까만 김이 퍼져 대야물은 온통 검정이다. 할머니는 사각으로 짜인 나무틀을 김발에 얹어 김을 적당히 넣고 흔든다. 흔들리던 김이 발에 깔리면 덜어내거나 더 넣거나 하면서 두께를 맞춘다. 완성되면 물을 빼고, 김이 붙은 김발을 양지쪽 벽에 줄줄이 세워 말린다. 볕이 좋은 날이면 보통 하루 만에 다 마르고, 밤엔 호롱불 아래서 자를 대고 마른 김을 떼는 작업을 한다.

모든 과정이 신기해 난 열심히 관찰했다. 놀이가 없는 내게 그런 관찰은 신나는 놀잇감이었다. 아궁이 잔불에 구워진 김에 간장을 살짝 뿌려 먹는 맛이란 당연히 타의 추종을 불허한다.

이가 하나도 없는데 잇몸으로 무를 갉아 드시던 동네 할머니. 집 뒤 언덕에 있던 정말 코딱지만 한 가게에서 풍기던 달콤한 냄새. 비상약이나 담배를 팔던 그 가게에서 할머니는 내 주먹만한 왕사탕을 사주시곤 했다.

지금 그 동네는 화력발전소가 들어서면서 주민들은 모두

떠나고 빈집들만 남았다. 가끔 그 유년의 기억이 현실이었는지 꿈이었는지 혼돈이 올 때도, 간절히 가보고 싶은 날이 있어도 기억소환만으로 만족해야 한다. 할머니가 보고 싶다. 마루 옆에 붙은 찬장에서 꺼낸 짭짤한 여름 쏙국(바닷가재류의 남해안 별미)에 밥 한 그릇 뚝딱했던 할머니 밥상도 그립다.

예체능이 좋았어요

　선명한 칼라를 보면 기분이 좋다. 특히 내가 좋아하는 녹색은 우중충하던 분위기를 금방 생기 넘치게 바꾼다. 미술시간에 그린 그림은 다른 몇몇 친구들의 그림과 함께 교실 뒤 게시판에 자주 붙었다. 일기를 쓰거나 친구에게 편지를 쓰면 항상 귀퉁이에 작은 삽화를 함께 그렸다. 지금 따져보면 일종의 원시적 이모티콘인 셈이다.

　우리들의 유년시절엔 예체능 시간이 알차게 진행되었다. 미술, 음악, 체육, 율동시간 등. 미술시간은 단순한 풍경화 외에도 포스터나 정물화를 그렸다. 한번은 인물화를 자유롭게 그리라기에 미술 선생님 얼굴을 그렸다. 특징이 되는 이목구

비를 섬세하게 묘사했다. 친구에게 보여주니 키득거리며 웃었다. 이내 온 교실 친구들이 돌려보고 결국 미술 선생님에게 전달됐다. 선생님은 본인이 맞다며 스스로 인정하셨다.

그러고는 방과 후에 미술교실이 있는데 나오지 않겠느냐며 물어 보셨다. 예체능은 돈이 많이 드는 일종의 부르조아형 과목이라는 인식에 선뜻 응하지는 않았다.

돌이켜보면 아쉽게 놓친 기회였다. 그게 뭐라고, 일단 뭐든 배워놓고 그 길을 가볼 걸 후회가 된다. 적성에 맞고 내가 즐거운 일이고, 가다보면 여러 해결책들이 생길 수도 있는데 말이다.

음악은 단순히 노래를 배우고 부르는 것 외에도 가곡을 듣거나 클래식을 감상하는 시간도 있었다. 클래식을 접할 기회가 많지 않던 시절에 그 음악은 내게 신선한 감동이었다. 클래식은 마치 가을바람처럼, 약간 건조하고 차갑게 머리를 맑혀준다.

〈죠스〉의 배경음악이었던 드보르작의 〈신세계로부터〉는 후반부가 아름답다. 잔잔히 흐르는 멜로디는 마치 노을이 지는 황야를 마차 한 대가 바퀴를 굴리며 지나가는 느낌이다.

그 음악을 처음 듣던 날 나는 그런 상상을 하며 수업에 집중했다.

실기시험도 이태리의 칸초네 〈산타루치아〉나 〈오 솔레미오〉 등을 원곡 그대로 부르는 것이었다. 단순히 암기만 하고 흉내 낸 것이지만 30년이 지난 지금도 원곡의 가사가 기억나니 암기식 교육의 효과를 톡톡히 본 셈이다.

음악은 감수성 예민하던 사춘기 시절에 하나의 위안거리가 되었다. 친구가 빌려 준 '피아노 소품집' 세트를 테이프가 늘어나도록 듣고 또 들었다. 그리고 맘에 드는 곡이나 유명한 곡은 제목을 반복해서 기억했다. 그 시절 나는 클래식에, 아버지는 지나간 트로트에 빠져 틈만 나면 음악을 틀어 놓았다. 카세트가 자주 고장난 이유가 되었다.

아이들이 어릴 때 항상 잠을 재우는 방법으로 '클래식 소품 시디'나 '클래식 기타 연주곡'을 틀어주었다. 조용한 클래식만 틀면 아이들은 잠투정도 없이 순하게 꿈나라로 가곤했다. 요즘도 차로 이동할 때면 라디오를 항상 켠다. 유행하는 가요를 듣다가 머리가 산만해지면 클래식 채널을 듣는다. 그러면 클래식은 들뜬 마음과 어지러운 머리를 아주 차갑게 식혀서 안정시켜준다.

몸을 움직이는 수업은 체육시간 외에도 율동시간이 있었다. 일종의 '춤 시간'이다. 발레의 기본 동작이나 유행하던 댄스 가요를 선생님이 준비해 와서 동작과 순서를 외운다. 일주일에 한 시간뿐인 것이 아쉬울 정도로 친구들과 나는 율동시간을 좋아했다. 춤 자체도 몸을 움직이며 근육들을 단련시키는 운동이지만 신나는 음악과 함께하니 힘든 줄도 몰랐다.

그즈음 어버이날을 맞아 어느 학교 강당에서 '효도잔치'를 했다. 그때만 해도 어른들을 대접하던 시대였다. 선생님은 반마다 몇 명을 추려서, 방과 후에 단체 댄스를 연습시켰다. 불려나간 우리는 춤을 춘다는 기쁨에 망설이지 않고 열심히 연습했다. 그리고는 어버이날 가슴에 카네이션을 단 어르신들이 잔뜩 모인 학교 강당에서, 정수라의 〈아! 대한민국!〉에 맞춰서 신나는 공연을 했다.

나이 들면서 운동이 꼭 필요하다는데 난 춤의 운동성을 높이 평가한다. 일단 음악에 맞춰 각양각색의 동작을 하니 움직임이 유연해진다. 또, 동작 하나하나를 외워야 하니 기억력을 증진시키고 치매를 예방할 수 있다. 그리고 무엇보다 신나는 음악은 우리 몸에서 좋은 호르몬을 생성하니 면역력이 높아진다. 조만간 나도 다시 '방송 댄스' 수업을 들으러 가야겠다. 나이는 들어가지만 '흥'은 늙지 않으니, 불로초 '흥'과 더 친해져 봐야겠다.

chapter 4

삶이 내게 준 선물, 우울증

유머 덕분에 주류에 입성하다

김해는 내 고향이 아니다. 서울에서 신혼 1년을 지내고 내려온 곳이 김해다. 낯선 곳이라 처음부터 정들지 않는 건, 서울이나 여기나 마찬가지였다. 하지만 오자마자 딸을 낳고, 다음해에 연달아 아들을 낳고 키우며 외로울 틈이 없다보니 자연스레 익숙해지고 적응되었다. 그러고 보니 낯선 이곳에 정착한 지 22년이나 되었다. 아이들이 조금씩 커가며 만나는 이웃들, 같은 어린이집 차를 기다리던 또래 엄마들과의 친분이 작은 활력소였다.

애들이 자라 초등학교엘 다니던 때였다. 슬그머니 예전의 우울이 내 안에서 다시 퍼지려고 했다. 다시는 반복하고 싶지 않은 마음에 병원을 찾았다. 검사를 해보니 우울 초기 증세라며 석 달 정도 약을 먹으란다. 난 약 먹는 걸 별로 좋아하지 않는다. 다음에 다시 오기로 하고 일단 병원을 나왔다.

병명을 알았고 초기라니 스스로 극복을 해보자는 의욕이 생겼다. 결국 운동과 왁자지껄한 사람들 틈으로 가서 내 안의 우울을 몰아내자 싶었다. 수영을 등록했다. 완전 맥주병에다 물 공포증까지 있던 나로선 과한 모험이었다. 1년여를 기초부터 차근차근 밟아서 어느새 상급반까지 갔다.

아침마다 펭귄들처럼 오종종 모여 가쁜 숨 몰아쉬며 지내다보니, 앞뒤로 안면을 익히고 친분도 쌓여갔다. 특히 우리 반의 절반 정도가 같은 수모를 쓰고 있었다. 알고 보니, 같은 동호회 회원들이었다. 친분이 쌓인 여자회원 한 명이 내게 가입을 권했다. 온라인으로 카페에 가입하고 오프라인 정모나 대회도 나가고 하면, 수영 실력도 금방 늘고 아주 재미있다고 했다. 어설프나마 가입을 하고 같은 수모를 썼다. 사람들은 모두들 친절했고 즐거웠다. 아마 사회생활 속에서 갑과 을로 만났다면 그렇게 허심탄회하게 어울리진 못했을 것이다.

가끔씩 카페에 글을 올렸다. 수영에 관한 시를 우스꽝스럽게 비유해서 올렸더니 댓글들의 총총 달렸다. 칭찬이나 재밌다는 말들이었다. 누군가 많은 이들이 내 글을 보고 즐거워하고 반응하는 것은 행복한 경험이었다. 짤막한 일상을 적은 글이나, 감성을 자극하는 글도 사람들이 읽어주며 반응했다.

그러다가 회원들의 특징이 담긴 짧은 소설을 써볼까 싶은 마음이 들어 카페에 글을 올렸다. 카페지기는 과분하게도 내 소설을 쓰는 전용 소설방을 하나 만들어주었다. 부담이 커졌다. 하지만 길지 않고, 평가 받는 것이 아니라 부담 없이 매일 스토리를 만들어갔다. 회원들 중 개성이 강하고 특정한 습관이 있는 사람들의 캐릭터로 등장인물을 만들고, 매일의 에피소드는 시트콤처럼 웃기고 황당하게 만들었다. 회원들은 사무실에서 크게 웃었다는 둥, 동료에게도 보여 줬는데 매일 보러 온다는 둥, 댓글창이 왁자지껄했다. 특별한 의도는 없었지만 회원들을 즐겁게 해주는 것이 나 또한 기뻤고, 그들과 대화하고 농담하며 웃음도 되찾고 다시 밝아졌다.

연말 송년회는 1년의 대회성과와 회계 등을 정산하기도 하지만, 새로운 임원을 선출하는 자리기도 했다. 각자 투표한 것을 모아, 바로 사회자가 발표한다. 뜻밖에도 내가 여자 부회장이 되었다. 불과 1년 전만 해도 김해에 살고 있는지도 몰랐던 사람들이, 같은 김해에 사는지도 몰랐을 나를 임원으로 뽑아준 것이다. 그렇다고 내가 이 모임에 아주 헌신적이거나 열정적이지도 않았는데 말이다. 얼떨떨한 나는 감사인사와 함께 임원의 감투를 썼다.

자리가 사람을 만든다고 평회원일 때는 신경 쓰지 않아도 되는 일들을 일일이 체크해야 했다. 방관만 하기엔 자리의 책임감이 컸다. 작은 동네의 조그만 감투자리도 이렇게 신경이 쓰이는데, 나라일 보는 저 윗동네 어른들은 밤에 잠이나 잘까? 정모, 매년 돌아오는 스포츠센터의 수영대회, 각 지역의 수영대회, 바다 수영대회 등을 준비하고, 참가자들의 먹거리를 챙겼다.

마치 운동회 날 100m 달리기 출발선에 선 것처럼 떨며 40대 여자부 평영에도 참가했다. 머리털 나고 처음이었다. 학교 때 뜀틀도 두려워 매번 멈칫하기 일쑤였고, 세게 날아오는 공이 무서워 피구 시간엔 항상 도망만 다니던 내가 속도를 겨루는 대회를 치르다니…. 그것도 육지가 아닌 물에서…. 참으로 내게는 장족의 발전이었다.

그렇게 1년을 보내고 다시 부회장을 연임해 책임감으로 총 2년을 보냈다. 아이들이 고등학생이 되어 새벽시간이 빠듯해지고 직장을 다니게 된 나는 자연스레 수영을 접었지만 그때의 경험으로 많은 것을 배웠다. 그리고 그때 친분이 쌓인 8명 정도의 멤버는 지금까지도 자주 보면서 친분을 쌓고 있다. 이 모든 것이 글을 통해 나를 보여주고 웃음으로 친분을 쌓았던 덕분이다. 그 동호회와 사람들 덕분에 이 지역에 정이 들고, 외롭지 않은 타향살이를 하게 된 셈이다.

긍정으로 건너고 있는 질병의 다리

　드라마를 보면 감정들이 다소 격하다. 주인공들의 캐릭터나 사건을 돋보이게 하기 위해서 그럴 것이다. 불치병을 앓는 주인공은 처량함을 더한다. 변기를 붙잡고 토하는 장면이나 왜 내가 이런 병에 걸렸느냐 울부짖는다. 사실일까? 실제로 불치병에 걸린 사람들의 어느 정도가 저런 감정을 뿜을까? 아니면 내 성격이 정상이 아닌 걸까?

　예전부터 나는 삶과 죽음에 대해 자주 생각했다. 특이하고 선명한 꿈을 자주 꾸는 탓도 있을 것이다. 누가 "무의식의 반영이다" "과거 기억의 소환이다" 등 과학적인 설명을 한다면 할 말은 없다. 눈에 보이지 않는 느낌을 어떻게 증명한단 말인가? 대학에 붙는 꿈을 발표도 나기 전에 미리 꾸었다.

"엄마, 나 합격했으니까 걱정마라."

엄마는 휑한 얼굴로 나를 이상하다는 듯 쳐다보셨다. 조카들의 태몽을 꾸고 선명한 모습을 그림으로 그려 주기도 했고, 남편의 모습을 미리 보았고, 힘든 시절엔 외할머니가 오셔서 꿈에서마저도 나를 위로하고 "예쁘게 살아라"라며 사라지셨다.

그러니 가끔 꿈과 현실이 헷갈릴 때도 있었다. 꿈에서 현관에 벗어 둔 아버지의 신발을 보고, 아침에 일어나서 현관으로 가보았다. 마치 고인들의 영혼이 어느 시공간에 모여서, 새로운 방식으로 그들끼리의 삶을 누리고 있는 것 같았다. 그렇다면 지금 살고 있는 내 삶도 진짜가 아니라, 저쪽 세상에서 보면 한 토막의 꿈은 아닐까? 아주 미개한 존재가 고도의 문명을 절대로 이해할 수 없는 것처럼, 나 자신이 이 넓은 우주 구석에 미개한 존재라서, 어쩌면 아주 가까이 있는데도 그 세계를 못보고 매번 스치기만 하는 것 같았다.

처음에 병을 진단 받았을 때도 그랬다. 멈칫 놀라긴 했지만 눈물도 안 나고 두려움도 없었다. 너무 담담한 나를 보고 의사는 애써 위로를 했다.

"울지 마세요. 울지 마세요. 아직 더 정밀 검사를 해봐야
되고 결과를 봐야 됩니다."

하지만 같은 순간에, 오히려 난 다행이라는 생각을 하고
있었다. 그 독한 종류들 중에 그나마 조금 순한 놈이라는 것
에 감사했다. 의사들이 시키는 대로, 하라는 대로 온갖 사진
이다 엑스레이를 찍고, 피를 뽑고, 항암 주사를 맞았다. 집에
올 땐 온갖 부작용에 대비한 비상약들이 한 봉지였다. 진통
제, 설사약, 변비약, 위장약 등. 약만 먹어도 배부를 듯한 양
이었다.

항암 주사 후 처음 10여 일은 거의 시체처럼 지낸다. 통증
때문에 아무것도 할 수 없고 그저 누워만 있었다. 진통제를
먹고 싶지 않았다. 그저 참았다. 조금만 견디면 통증도 점점
사라지고 음식도 먹을 수 있으니 날짜만 가기를 기다렸다.

겨우 정신을 차리면 약해진 기력이지만 가까운 공원에 나
가 햇볕도 쬐고 바람도 쐰다. 마침 봄이 오는 3~4월엔 신록
만 보아도 행복했다. 아직 숨을 쉬며, 내 눈으로 선명한 신록
과 꽃과 파란 하늘과 바람을 맞는 것에 감사했다. 흙냄새, 풀
냄새가 황홀했다. 산책길에 힘이 없어, 작은 정자에 남편의

다리를 베고 누웠다. 햇살이 등을 따뜻하게 데워주고 산들 바람이 불어왔다. 눈을 감고 누운 내 입에서 "아… 행복하다…." 소리가 저절로 튀어 나왔다. 행복은 절망의 구덩이에서 늘 '반짝'하고 나타난다. 떨어진 입맛이었지만 어린 시절 먹었던 음식이 내 머리를 가득 채우면, 낫고 나서 꼭 먹어야지 메모를 했다. 내가 다시 살게 된다면 해보고 싶은 일이나, 가보고 싶은 곳을 적기도 했다. 그리고 내 기억에서 감사하게 남은 사람들의 명단도 적었다.

2018년 5월말에 수술을 하고 회복이 된 즈음, 남은 방사선 치료까지 다 했을 때 나는 새장을 벗어난 새가 되었다. 관리를 평생하고 신경을 곤두세우며 먹거리, 마실 거리, 까탈스럽게 챙기고 따져야 했다. 내가 좋아하는 막창, 간장게장, 멍게회, 물회, 육회, 햄 기타 등등을 포기해야 했다. 아니 제일 먼저 맥주를 포기해야 했다. 낙이 하나 없어졌지만 투정을 부릴 상황이 아닌 내 처지는 순리를 따라야 했다. 몸이 많이 좋아졌다고 느낄 즈음 갑작스레 닥친 '전이의심'에 다소 당황하긴 했다. 이젠 진짜 가는 건가 싶은 생각에 급 두려움을 느꼈지만, 이내 내 안의 내가 나를 붙잡아주었다.

나이대가 어느 정도 되다 보니 주위 분들이 많이 돌아가시고, 장례식장엘 자주 가게 된다. 노환으로, 질병으로 혹은 뜻밖에 아직 청춘인데 불의의 사고로… 그런 죽음들을 대하다 보니 아직 살아 있지만, 너나 할 것 없이 모두 시한부 인생을 사는 듯하다. 얼마 전 '헝가리 유람선' 사고만 해도 그렇다. 여유롭고 기분 좋게 해외여행을 떠난 일가족이 낯선 나라의 강에서 그렇게 허무하게 갈 줄 상상이나 했을까?

　　돌아가신 내 부모님의 모습은 낯설었다. 영혼이 빠져 나간 육체는 오래 된 나무토막 같고, 플라스틱 마네킹 같았다. 삶의 시간이 다해 하늘이 영혼을 걷어가는 건, 내가 이 세상에 왔던 것처럼 자연스런 일이다. 죽음에 대한 두려움이 사라지면 애착이 사라지고, 자연스레 긍정적인 생각이 든다.

　　지금의 내 상황을 울며불며 원망하고 우울해봐야 달라지는 건 없다. 오히려 스트레스로 분비되는 내 몸속의 호르몬이 독이 되어 더욱 내 몸을 망칠 뿐이다. 생사의 큰 고비를 넘긴 이들이 한겨울에 맨발로 뒷산을 오르고, 빨간색 옷만 입고 다니는 〈세상에 이런 일이〉 주인공들은 아마 그 이치를 다 깨달았을 것이다.

세 번의 성숙

동물들의 세계를 다루는 다큐를 좋아한다. 그들도 한 생명을 갖고 태어나 길다면 길고, 짧다면 짧은 그들의 생을 산다. 부모의 보호를 받던 새끼 시절을 지나 적당히 자라면 부모는 냉정히 쫓아낸다. 새끼는 그의 부모가 그랬듯 직접 사냥을 하고, 실패도 하고, 큰 짐승들에게 쫓기며 고비를 넘긴다. 인간의 세계와 같다.

아니 인간은 그들보다 더 안락한 생활과 보호 속에서 어쩌면 그들보다 더 나약한 존재다. 인간이 태어나 죽을 때까지 보살핌과 보호 속에만 자란다면 어떻게 될까? 반면 인간도 적당한 성숙 후에 강제로 쫓겨나 혼자만의 자립을 해야 한다면 어떨까? 그런 원초적인 야생의 과정이 없는 인간이기에, 신은 고난을 고루 나눠주셨나 보다.

나무는 한 해를 살 때마다 몸속에 줄무늬를 하나씩 새긴다. 오래된 고목이 베어졌을 때 우리는 비로소 그 나무의 나이를 본다. 진주조개는 외부의 불순물이 몸에 들어왔을 때, 자신을 보호하려고 물질을 내뿜어 진주를 만든다. 나무의 나이테는 가구로 만들어져 밖으로 드러나며 아름다움을 보여주고, 진주는 동그랗고 빛나는 보석으로 가치를 남긴다.

한창 피가 끓던 나이에, 그것도 사랑의 감정에 빠지면 환각물질이 나온다니 불에 기름을 들이부은 격이다. 법과 아버지의 반대가 더 촉진제가 되었는지도 모른다. 졸업하면서부터 5년여를 애 끓이며, 울며, 기다리며 정신적인 성숙을 했다. 번데기에 싸여 있는 애벌레처럼 세상의 어떤 일에도 무관심하며 오직 한 가지 소망만을 품고 지냈다.

"현정아 꼭 그 사람 아니면 안 되겠나? 그럼 차라리 둘이 도망을 가라. 엄마가 도와줄게…."

엄마는 오랜 시간이 지났는데도, 첫사랑을 떠올리며 해마다 여름이면 꼭 손톱에 봉숭아물을 들이곤 하셨다. 그래서인지 내 상황 속에 오히려 나보다 더 심각하셨다.

"엄마, 도망은 의미 없다. 불행하게 숨어 살고 싶지 않다. 난 꼭 아버지 허락받고 당당히 결혼할 거다."

그 절망의 시간이 영원할 것 같았다. 희망이 조금도 보이지 않을 때가 제일 힘든 것 같다. 마냥 끝이 안 보이는 어둠의 동굴을 그저 걸어야 하니까….

정권이 바뀌면서 꿈에 대통령 내외분이 노란 한복을 입고 날 보며 미소 지었다. 그리고 '동성동본금혼법'이 사라졌다. 아버지도 허락을 하시면서 내 오랜 1차 고난은 끝이 났다.

결혼은 또 다른 정신적 성숙을 요구했다. 결혼 전엔 "너 없이 못 살겠다"에서 결혼 후엔 "너 때문에 못살겠다."로 바뀐다더니 과연 명언이었다. 어른이 된 줄 알았는데 내 속엔 아직 아이가 더 많았고, 이해심과 배려는 더 많이 요구됐다. 우울의 시간을 눈물과 원망으로 보내면서 많은 걸 포기하고, 접고, 흘려보내는 걸 배웠다. 한창 불타는 젊은 눈으로 세상을 보던 20대의 환상은, 타고 남은 재처럼 싸늘히 식은 채, 내 현실에 내려앉았다.

아이들을 키우며, 엄마 역할을 배웠고, 그와 부대끼면서 결국 인간은 혼자라는 걸 깨달았다. 나를 알아 달라, 이해해 달라 원망하기 전에 내가 나를 비워야 했다. 도저히 이해가 안 되던 동네 언니의 "내려놔라."라는 말이 그즈음에야 무슨 말인지 알았다. 내 욕망을 버리고 상대를 있는 그대로 인정해 주라는 것으로 나는 이해했다. 울며불며 원망하고 결국 나를 할퀴던 내가 조금씩 마음의 안정을 찾아갔다.

그럭저럭 반복되는 갈등과 짤막짤막한 행복 속에서 세월은 흘렀고 아이들은 자랐다. 예전 부모님이 "그 시절들을 어찌 살아왔는지 모르겠다."라는 넋두리를 나도 공감했다. 조금은 여유를 부려도 되는 시기, 조금은 나를 다시 찾아보려는 그 시기에 건강을 잃고 말았다. 결국 이것도 평소 관리를 소홀히 한 내 탓이다. 햇살이 비치는 초원에서의 삶이 갑자기 어두컴컴한 지하세계로 내려간 듯했다.

그곳엔 나 말고도 이미 절망과 고통에 익숙해진 많은 이들이 있었다. 전혀 둘러보지도 않았고 상상도 못했던 그 세계가 또 다른 눈을 뜨게 해주었다. 예전엔 휠체어를 탄 사람을 보면 그저 '불편하겠다'라는 생각만 했다. 지금은 차를 어떻게 타고 내리는지, 높은 곳의 물건은 어떻게 내리는지 그의 생활

하나하나까지 상상하며 애틋해진다. 이 모든 것이 고난 속에 빠져본 자가 깨달은 뒤늦은 성숙이겠지.

　엄마는 우리가 혹시라도 다칠까, 상처받을까 늘 노심초사였다. 그래서 위험한 곳, 어두운 곳은 못 가게 했다. 남자 형제들은 그러거나 말거나 자신들의 모험도 하고 다치기도 하고 나름의 고난을 스스로 찾고 겪었지만, 여동생과 나는 온실 속에만 있었다. 엄마는 마치 어미닭이 날갯죽지 아래 병아리들을 감싸듯 그런 우리를 감쌌다.

　경험과 좌절, 실패 속에서 많은 것을 배우는 법인데 그럴 기회를 시도조차 안 했던 나. 이런 세 번의 성숙조차 없었다면 '나'라는 나무는 잘리고 난 뒤 나이테가 하나도 없는 희귀종이 되었을지도 모르겠다. 그런 나로 그냥 내버려두지 않고, 조금 더 나은 인간이 되도록 고난을 주신 신께 감사한 오늘이다.

'지혜 엄마'라는 이름의 천사

그녀는 주부치고는 화려했다. 처음엔 같은 동네에 사는지도 몰랐다. 김해에 정착한 지 3년 즈음 되던 봄, 1층 언니가 공터에서 마늘을 까고 있었다. 마트에 다녀오던 나는 잠시 언니를 도와주며 얘기를 나누고 있었다. 저쪽에서 모델 같은 여자가 걸어오고 있었다. 빨간 원피스에 구두까지 빨간색으로 일명 '깔맞춤'한, 이 근방에선 보기 힘든 멋쟁이였다. 언니와 아는 체를 했다. 처음 보는 나를 보며 이것저것 물었다. 붙임성이 좋은 사람이었다. 다음에 집에 놀러오라며 또각또각 집으로 갔다.

그즈음은 내가 우울에 빠져 살던 시기였다. 외출도 거의 하지 않고, 아이들을 돌보거나 살림을 했다. 내 감정에만 빠져서 바보처럼 멍하게 하루를 보내거나, 애들 낮잠 재우고 나서 온 집안의 커튼을 닫고 어둠속에서 울며 지냈다. 돌이켜보면 왜 그렇게 어리석게 인생을 낭비했을까 싶지만, 그때의 나는 제대로 된 이성이 없는 깡통인간이었다.

어느 날 베란다에서 빨래를 널고 있는데 누가 나를 불렀다. 빌라에 살던 그때는 동간 거리가 가까워 대화도 가능했다. 앞 동의 모델녀였다. 난 잊고 있었는데 그녀는 나를 기억하고 다시 안부를 전했다. 화려한 사람들에 대한 선입견이 있어서 그렇게 친해지고 싶지 않았다. 적당히 인사하고 마무리하려는데 그녀가 집으로 초대했다.

어린애 둘을 데리고 그녀의 집으로 갔다. 그녀의 집은 화려했다. 온통 하얀색으로 도배되고 배치된 가구가 마치, 어느 잡지 속의 연예인 집 같았다. 하얀 레이스 식탁보가 깔린 식탁의 하얀 의자에 앉으니, 그녀는 따뜻하게 내린 커피를 잔받침에 받쳐 과일과 함께 내밀었다. 국그릇에 그냥 부어줘도 상관없는 커피 한 잔을 그렇게 정성스럽게 대접하다니….

갑자기 누군가에게 대접받는 감사함, 내 존재의 가치가 올라가는 감동을 받았다. 대화 속의 그녀는 생각보다 소탈했다. 자기 말로는 20살에 "개 끌리듯 끌려와 죽지 못해 산다."라고 했지만 살림 속에 묻어나는 그녀의 적극적인 태도는 활기차 보였다. 12살이던 아들의 학교생활에도 적극적으로 참석했고, 나와 달리 감정에 끌려 다니지 않고, 버릴 건 버리고 담아둘 건 담아두는 감정 정리의 달인이었다.

나보다 1살 위인 그녀는, 자신이 겪었던 나와 같은 시기를 마치 남 얘기 하듯 나누었다. 중간중간 섞어내는 우스갯소리와 가벼운 욕지거리가 나를 웃게 만들었다. 나보다 몇 년 앞선 12년의 결혼생활로 조금은 단단해진 그녀가 내겐 의지가 되었다.

시간이 지나 조금씩 더 친해지자 허물없는 사이가 되었다. 맛있는 반찬을 하면 서로 조금씩 가져다주기도 하고, 일이 있어 어디를 가면 5살 딸 '지혜'를 같이 돌봐 주기도 했다. 그녀나 나나 의심이 적은 수월한 성격 탓에 어쩌면 형제처럼 허물없이 지낸 셈이다. 그 사이 내 성격도 많이 밝아지고 우울의 그늘도 많이 벗어났다.

어느 날, 그녀가 파리한 얼굴로 나를 찾아왔다. 평소 같지 않게 긴장한 얼굴이었다. 남편의 사업이 조금씩 힘들어진다는 얘기는 들었는데, 혹시 더 어려워진 건가 싶었다. 그녀는 어렵게 말을 꺼냈다. 법적으로 내게 아무런 피해가 가지 않는 '보증'을 부탁하는 것이다. 피해가 없다면 그렇게 하도록 해보자 하고 저녁에 남편에게 물어 보았다. 남편이 방바닥에서 천정으로 튀어 오르는 줄 알았다. 천지도 모르고, 세상이 얼마나 험한지도 모르고, 친하다고 그런 부탁을 서슴없이 받아들이느냐 호통이었다. 상대가 피해 없는 보증이 어디 있냐며 당장 약속을 파기하라고 했다. 다음날 어렵게 말을 꺼냈다.

"피해 없는데… 정 그렇다면 할 수 없지 뭐…."라며 그녀는 돌아섰다. 얼마간의 시간이 흐른 후 그녀는 집을 내놓았고, 온 가족이 중국으로 나간다는 것이었다. 집에 있는 가구와 전자제품 등, 모든 것을 그대로 두고 필요한 것만 챙겨 나간다고 했다. 얼마 전에 들여놓은 하얀 소파와 그녀가 정성껏 가꾼 베란다 정원을, 전세인이 제대로 관리를 할까 걱정됐지만, 그녀는 모든 걸 내려놓은 안정된 얼굴로 작별을 고했다.

출국한 뒤에 모든 연락망이 끊기고 내 핸드폰도 번호가 바뀌는 바람에 연락이 끊어져버렸다. 내 인생에서 고마운 사람 중에 한 명인 그녀를 꼭 다시 만나고 싶었는데 우리의 인연은 거기까지였나 보다. 지금도 어딘가에서 자존심을 지키고 빨간 하이힐을 또각거리며 활기차게 살고 있으리라 믿는다. 그녀가 늘 행복하기를 바란다.

나를 잠시 멈추게 한 책을 만나다

살은 자꾸 빠지고, 햇빛도 안 보는데도 낯빛이 시커멓게 되도록 우울의 나그네로 살던 그 즈음, 우연히 책장 귀퉁이에서 책을 하나 발견했다. 언젠가 오빠가 두고 간 것을 아무 생각 없이 꽂아 놓고 잊고 있었다. 하루야마 시게오의 《뇌내혁명》. 제목은 그다지 내 취향이 아니라 선뜻 손이 가지 않았다. 슬쩍 꺼내 머리말을 훑어보다가 끝까지 읽어보고 싶은 욕심이 생겼다.

의학적 지식이 전혀 없던 나로서는 당연히 상상하지도 못했던 우리 몸속의 신비가, 과학적인 분석과 증명으로 서술되어 있다. 종교인들이나 철학자들이 그렇게도 강조하던 긍정적인 생각과 삶의 태도가 왜 필요한지 적혀 있었다. 가끔 복잡한 화학기호나 전문용어들이 나와서 혼란스럽기도 했지만, 화학시험을 치기 위한 공부가 아니라서, 내가 흥미를 느낀 호르몬에 대해 빠져들었다.

서양의학과 동양의학을 같이 전공한 일본인 의사인 작가는, 우리 몸속의 호르몬으로 스스로 병을 치유할 수 있다는 내용을 전했다. 대표적인 것으로 엔돌핀과 아드레날린을 든다. 인간의 뇌는 모르핀과 비슷한 물질을 분비하는데 기분을 좋게 할 뿐 아니라 면역력도 키워준다. 이것이 엔돌핀인데 마약보다 5~6배의 효과가 있는데도 독성은 전혀 없다. 반면, 화를 내거나 강한 스트레스를 받으면 '아드레날린'이 분비되는데 이것은 대단히 강한 독성을 갖고 있다. 자연계에서는 뱀 다음으로 그 독성이 강하다고 한다.

의사는 이 호르몬을 조절하는 연습을 하고 환경을 만들어서 환자들을 치료한 사례들도 적어 놓았다. 당뇨로 힘든 노년의 여성에게 좋아하는 꽃들의 화면으로 가득 찬 방에서 시간을 보내게 한다. 심혈관 질환을 앓는 중년의 남성에겐 좋아하는 낚시 영상을 켜 놓은 방에서 시간을 보내게 한다. 두 환자는 시간이 흐른 후 약을 줄이고 건강해졌다.

책의 내용은 놀라웠다. 적어도 그 시절의 내게는 구세주 같았다. 아무리 벗어나려고 해도 매일 같은 길을 울며 돌고 도는 나를 위해, 누군가 마련해준 작은 의자 같았다. 책을 읽다가 몇 번을 울었는지 모른다. 어리석게 살고 있는 나를 반성하며 울었다. 정작 나 자신이 나를 아껴 주지 않는 삶이었다. 소중한 내 삶을 벌레처럼 갉아먹고 있는 나를 발견했다. 그 모든 것을 알아차리니 눈물이 쏟아졌다. 내 우울에 빠져 가족들의 삶까지도 영향을 끼쳤는지도 모른다고 생각하니 너무 미안했다. 원래 긍정적인 나였지만, 한 번 말려든 감정의 늪에 더 깊이 빠져들고 있던 나는, 책의 내용처럼 나 스스로를 단련시키기로 맘먹었다.

매일 아침 클래식 음악을 틀었다. 아이들을 재워주던 클래식 소품 시디 중에서 활기찬 음악만 골라서 틀었다. 볕이 좋은 날은 자주 아이들을 데리고 집 옆 놀이터에 놀다가 들어왔다. 가끔 마주치는 이웃들과도 조금씩 수다를 나누었다. 이웃들은 얼굴을 익히고 친분이 쌓이면서 뭘 그렇게 챙겨주곤 했다. 시골에서 가져왔다는 봄 감자며, 상추, 깻잎 등. 인정을 얻어먹으며, 마음을 나누며 조금씩 내 생활도 밝아져 갔다.

한낮에 커튼으로 빛을 가리던 일은 더 이상 하지 않았다.

아이들이 크는 동안에도 긍정적인 생각을 키워주려 애썼다. 넘어져서 무릎을 다쳐온 아들에게 이렇게 말했다.

"창아, 정말 다행이다. 마음속으로 '감사합니다'라고 인사해라. 만약에 더 크게 다쳐서 수술이라도 하면 어쩔 뻔했노?"

그런 일이 있을 때마다 매번 반복해서 가르쳤더니 학교에서 축구를 하다 팔이 부러진 아들도 씩씩하게 웃으며 말했다.

"엄마, 진짜 다행이다. 그래서 감사합니다 인사했다."

정작 내 속은 다행이 아니었지만….

마음 하나 바꾸면 인생도 달라진다는데, 그 마음 하나 바꾸는 것이 쉬운 일은 더더욱 아니다. 어쩌면 절박했던 내 상황이, 빠져 나올 수 없을 것 같던 우울의 늪이 나를 간절히 살리도록 용기를 주었는지도 모른다. 하마터면 소중한 내 인생을 헛된 감정을 뒤집어쓰고 살았을지도 모른다. 가끔 힘든 시간이 오거나 우울해지면 난 다시 그 책을 꺼내 읽는다. 이전에 읽으며 밑줄을 친 공감의 문장들이 보인다. 아직도 그 문장은 예전 그대로 내 어깨를 두드리며 "괜찮아…."를 속삭인다.

가면성 우울증에 놓쳐버린 지인

밝고 활달했던 언니였다. 화장품 방문판매를 하던 언니는 주위에 사람들이 많았다. 인사만 나눈 사이라 난 크게 부담을 갖지 않았고, 인사치레로 화장품을 한번 샀다. 이후에 구매를 거의 안 하다 보니 언니와의 인연은 희미한 상태로 머물러 있었다. 성격이 좋던 그 언니는 시간이 다소 여유로운 영업직이다 보니, 비 오는 날이나 몸이 피곤한 날은 그냥 쉬어버렸다.

"뭐 하노? 감자 삶았는데 오너라."

"뭐 하노? 비도 오는데…. 땡초전에 막걸리 있다. 늦게 오면 없다."

열혈 소비자도 아닌 나를 마치 친동생 챙기듯이 불러 주었다. 언니는 영업이라는 것이 사람을 진심으로 대해도 어렵단다. 상대는 주로 '이익을 위해 내게 접근하는 것'으로 오해를 한단다. 하긴 나도 선입견이 있었던 건 맞다. 하지만 유독 그런 내색을 하지 않고 언제나 허물없이, 가면 없이, 솔직함으로 나를 대하는 걸 알기에 몇 년 동안 친분은 계속됐다. 나도 주위 사람들을 소개하거나, 명절 선물을 할 때 부담 없는 것으로 구매를 하기도 했다.

언니는 아픔이 많은 사람이었다. 유년도 그리 행복하지 않았는데, 결혼은 불행이 배가 된 셈이다. 집안의 경제는 무관심하면서도 사생활이 문란한 남편은 일주일에 몇 번 집에 들어오고, 자녀들의 교육비다, 용돈이다, 모두 언니가 해결해야 했다.

"요즘도 그런 사람이 있나?"

"내가 지지리도 복이 없거나, 그 인간이 지지리도 복이 많거나 그렇겠지…."

이혼은 당연히 시도해보았지만, 남편은 절대 동의해주지 않는다는 것이다. 그 언니의 불행에 나도 동참해 열을 올리면 언니는 "길지도 않을 거다. 마음 놓은 지 오래다…."라며 희미한 미소를 띠었다.

　사생활은 그렇게 엉망인데 직장에선 베테랑이었다. 아마
진저리나는 개인사를 잊기 위해서라도 더 열심히 일에 빠져
살았는지도 모른다. 늘 웃고, 큰 목소리로 호통 치며 농담을
하는 그녀는 스스로를 잘 치유하는 여장부였다. 연말이라 바
쁜 틈을 타 우리도 모여보자는 그녀의 부름에, 친하던 몇 명
이 모였다. 술도 마시고, 노래도 부르고, 나는 필름이 끊겼다.
　다음날 언니가 아침부터 자기를 좀 만나자며 연락이 왔다.
　"너 어제 기억나나? 나더러… 별을 보고 울고, 달을 보고
울고…. 언니 너무 불쌍하다. 내가 좀 안아줄게…."
라며 울더라는 것이다.
　언니는 속으로 깜짝 놀랐단다. 다른 사람들이 있어서 내색
은 못하고 있다가 아침에 바로 전화했단다.
　사실 언니는 6개월째 우울증 약을 먹고 있다고 했다. 아무
도 모르고 자녀들도 모른다고 했다. 나도 깜짝 놀랐다. 영업
하면서 틈틈이 집에 들어와 약기운으로 나른한 몸을 뉘었다
가 다시 나가곤 했다는 말을 듣고 마음이 너무 아팠다.
　살기 위해 아픈 몸을 다독이며 저렇게 버티고 있는데, 가

188

장이란 작자는 도대체 어떤 생각을 하고 있는 건가? 내가 당장이라도 만나서 혼쭐을 내주고 싶었다.

불과 얼마 지나지 않았다. 언니의 비보를 접하고, 너무 큰 충격을 받았다. 가까운 지인의 죽음은 처음이었기 때문이었다. 아니, 그보다 불과 며칠 전까지만 해도 '올해의 판매왕'으로 뽑혀서 베트남으로 여행을 가게 됐다며 기뻐했었던 그녀였는데….

마치 꿈같았다. 그렇게 활기차고, 남의 고민들을 다 들어주고, 해결 방법까지 알려 주던 베테랑 그녀가 왜…. 너무 안타까운 마음에 눈이 퉁퉁 붓도록 울었다.

장례식장의 그녀는 국화꽃 속에서 평화롭게 미소 짓고 있었다. 남편이란 자는 눈을 내리깔고 있었다. 멱살이라도 잡고 싶었다. 조금만이라도 아내의 마음을 헤아렸더라면 그렇게 안타깝게 떠나지 않았을 텐데….

나도 우울증을 앓았지만, 자존심이나 배려심이 많은 사람은 자신의 우울을 타인에게 보이고 싶어 하지 않는다. 그래서 모임이나 만남에서 오히려 더 밝고 즐거운 모습만 보여주고, 결국 집에 돌아오면 더 우울해진다.

언니는 전형적인 가면성 우울증을 앓은 것이다. 조금이라
도 내색을 하고 상처를 치유 받았다면 그런 슬픈 일은 없었
을 것이다. 바로 곁에 있던 우리들마저도 그녀를 헤아려주지
못한 것이 너무 죄스럽다.

말 한마디로 희망의 싹을 틔운다

아이를 잃어버린 젊은 엄마가, 그 지점에 붕어빵집을 차렸다. 그녀는 몇 년째, 장사보다 아이를 찾는 일에 집중하고 전단을 나눠주고, 틈만 나면 이리저리 찾아 헤맨다. 생기라곤 없는 그녀는 초췌한 얼굴로 말했다.

"희망이라는 것이 있으니까 하지, 안 그러면 무슨 힘으로 버티겠어요…."

'희망'이라는 말은 수없이 들어온 말이지만, 그때처럼 깊이 와 닿은 건 처음이었다. 용기를 준답시고, 위로해 준답시고 얼마나 많은 '희망'을 남발했던가? 강아지를 잃어버려도 피가 거꾸로 솟고, 안쓰러운 마음에 동동거리며 온 동네 골목을 뛰어다니는데, 혈육을 잃어버린 마음이야 어찌 말로 할까? 기력을 잃고 꼼짝 못할 상황이지만, 슬픔에 빠져 손가락 하나 까딱 못 할 상태지만 '희망'이라는 것이 그녀를 일으켜 밖으로 나온 것이다. 눈에 보이지도 않는 만질 수도 없는 단순한 단어 하나가 가진 힘이 새삼 경이로웠다.

'전이의심'으로 입원을 했을 때였다. 6인실로 옮긴 뒤 주위 사람들과 엮이고 싶지 않아서 커튼을 반쯤 쳐놓고 지냈다. 흥에 겨운 상황도 아니고 걱정이 기본으로 깔려 있으니, 누군가와 말을 하거나 새로 얼굴을 익히고 싶지 않았다. 식사 시간에야 겨우 커튼을 걷고 조용히 눈 내리깔고 억지로 몇 숟갈을 떴다.

바로 내 앞 건너편 침대에는 자매의 보살핌을 받는, 내 엄마 또래의 아주머니가 계셨다. 커튼 너머로 얼핏 들리는 말로는 대구 근처 마을에서 오셨단다. 딸 둘은 경기도에서 살고 있다 보니, 엄마의 병환 소식에 바로 달려왔다. 어느 날 식사를 하다가, 눈이 마주쳤는데 나를 한참 보시더니 옅은 미소를 보내주셨다. 나도 미소로 인사를 했다. 식사를 물리고 씻고 오니 앞 침대의 작은딸이 과일을 가져왔다.

"내 또래 같은데, 엄마가 성품이 좋아 보인다며 과일을 주시네요."

잠시 마주친 눈길이었는데, 그 엄마의 배려가 너무 감사했다. 그녀는 왼쪽 뺨부터 눈 밑까지 떨림이 심해 수술을 했단다. 그 엄마의 마을에도 나와 같은 병으로 치료를 받은 이웃이 몇 십 년이 지나도록 건강하게 잘 살고 있다며, 마치 나도 자신의 딸 한 명처럼 다독여주셨다.

엄마가 먼저 잠이 들면 나와 동갑이던 그녀는 내 침대 옆에 와 앉아서 소곤거리며 수다를 나누었다. 하루에도 몇 번씩 마음이 오르내리며, 불안이 깔려 있던 나는 아예 외부와의 접촉을 닫고 있었는데 그녀와의 잔잔한 대화에 마음이 위로를 받았다. 특별한 말을 주고받진 않았다. 지역도 다르고, 자란 환경도 달랐지만 같은 시대를 살아 온 나이 대라 그런지 같은 추억을 많이 공유하고 있었다. 마치 동창생인 것처럼….

그녀 덕분에 미소 지으며 며칠 동안은 마음이 조금 가벼운 채로 지냈다. 그녀가 자리로 돌아간 뒤 마음이 따뜻했다. 마치 황무지나 아스팔트 틈에 있던 작은 씨앗이, 비 한 방울을 맞고 싹을 틔우는 느낌이었다.

불과 하루 전만 해도 세상의 끝에 서 있는 위태로운 마음에서, 평화로운 초원으로 온 느낌이었다. 이런 것이 '희망'이라는 건가? 비록 말 몇 마디 나누었을 뿐인데 마치 마법처럼 내 안의 공기가 바뀌었다. 나보다 먼저 퇴원을 하는 앞 침대의 어머님께 인사를 나누었다. 딸은 내 전화번호를 입력하고는 "회복 잘되실 거니 너무 걱정 마시고, 가끔 소식 전해요."라고 했다.

　'시절인연'이라는 말이 있다. 의도하진 않았지만 삶의 모퉁이 어느 곳에서 인연이 되어 도움을 주거나, 도움을 받는 만남. 우연하고 짧았던 만남이었지만, 내가 받은 위로와 묻혀 있던 내 안의 희망을 싹 트게 해준 그녀와 그 가족들은, 오래도록 내 기억 속에 남아 있을 것이다. 가끔 그녀는 엄마 사진을 찍어서 보내거나 계절이 바뀔 때 안부 인사를 전해온다.

　세상에서 가장 아름다운 모습과 말이란, 누군가에게 용기를 씨앗처럼 심어주고, 거기서 희망을 싹 틔워 주는 말이란 걸 새삼 크게 배웠다. 나는 누군가에게 그런 적이 있었던가? 만약 없었다면 지금부터 시작이다.

마치는 글

　은행나무는 오랜 시간을 산다. 약 2억 년의 시간동안 빙하기를 거치고도 살아남았고, 히로시마의 원자폭탄이 터진 후 그 잿더미 속에서도 싹을 틔웠다고 한다. 여름날엔 광합성을 위해 엽록소들이 잎의 표면을 초록으로 채워 매일을 성실히 살고, 날씨가 추워지면 죽지 않기 위해 잠시 생육을 멈추고 안에 숨어있던 노랑색이 나타난다고 한다. 단순히 잎의 화려한 칼라에 환호하며 떼 지어 산으로 향하는 등산객들은 상상도 못하는, 은행나무의 치열한 삶이다.

　마치 우리네 인생을 보는 것 같다. 젊은 시절엔 하루를 바쁘고, 충실히 채워 가느라, 굳은 얼굴로 뛰어 다닌다. 그러다 훌쩍 인생의 황혼기를 맞고, 특히 노년의 시간은 조용히 자신의 삶을 돌아보는 여유와 정리의 시간이 생긴다. 오래전부터 내 노년의 희망은, 한적한 시골집에서 글을 쓰는 할머니로 늙어 가고 싶었다. 전원생활과 자연을 늘 동경했고, 종이에 뭔가를 끄적거리며 행복을 느끼니 글 쓰는 것 외에 뭐가 있겠는가.

오래 전 선명하게 꾼 꿈에서 나는 이미 작가가 되어 있었다. 마사토가 잔잔하게 깔린 넓은 흙 마당이 있고, 한쪽엔 갈색 나무판자로 지어진, 지붕이 높고 뾰족한 일본식 주택이 보였다. 잔잔한 연녹색 체크무늬 반바지 정장을 입은 나는, 현관문을 열고 조그만 자전거에 올라 바구니에 책 한 권을 담아 페달을 밟는다. 내 이름은 '하라리 루에'라고 어떤 목소리가 알려 준다. 잠에서 깨어나, 난 그 이름과 꿈을 메모했다. 그리고는 꼭 그 꿈대로 이루어졌으면 좋겠다고 간절히 마음을 묶었다.

어려서부터 다재다능하다는 소리를 들으며, 난 내 인생을 너무 쉽게 생각했다. 난 어딜 가도 잘될 것이라 안일하게 여기고, 심도 있는 노력은 하지 않았다. 꼭대기까지 올라가 완성을 보고, 목표를 달성하는 데는 관심이 없었고, 늘 과정에 머물렀다. 그러니 51년을 살고도 돌아보면 이루어놓은 것이 없다. 꼭대기에 오르기 전에 '이 정도면 됐다' '이만하면 됐다'라며 늘 되돌아 내려왔다.

하지만 글은 그런 것과 상관없이 늘 내 곁에 있었다. 글을 뭔가를 이루는 수단으로 여기지 않았다. 늘 친구처럼 내 혈육처럼, 아니 그들보다 더 자주 도움을 청했다. 내 추한 속을 다 보여주었고, 화풀이를 했다. 글은 한 번도 내게 채찍질하지 않았다. 지금보다 발전하라는 둥, 목표지점이 얼마 남지 않았으니 분발하라는 둥의 압박도 없다. 가장 자유로운 상태로 장을 열어 주고, 내가 무슨 짓을 하든 묵묵히 나를 지켜 봐주었다. 그 속에서 나는 반성을 하고, 안정을 찾고, 감정을 추스르는 법을 배웠다. 수많은 취미생활을 즐겼지만 어느 순간 권태기가 오고 길게 가지 못했는데, 글은 호흡처럼 나와 공존했다.

모든 사람들이 글이라는 것을 선호하는 건 아니다. 성격과 취향이 다양한 개인들은 다들 자신이 끌리는 쪽으로 취미 생활들을 한다. 하지만 어느 순간 내 인생이 예상치 못한 구덩이에 빠지거나 난관에 부딪힐 때, 결국 나를 살리는 건 내 안의 나이다. 내 안의 나는 한순간에 나를 돕지 않는다. 자주 그를 찾고, 얘기를 나누고, 익숙해지는 동안 내 안의 나는 점점 강해져간다. 그러면 위기가 와도 울부짖거나 흔들리지 않는다. 내 안의 나는 언제나 내 편이며 나를 도와주려고 늘 준비하고 있다. 그리고 그와 친해지는 방법은 조용한 시간, 하얀 종이 위에 펜으로 내 마음을 보여주는 것이다. 이 얼마나 경제적이며 품위 있는 삶의 비밀인가?

　개인적으로, 내 삶이 일찌감치 글과 연결되어 있음이 감사하다. 세상엔 수없이 많은 책과 글이 넘쳐나고, 세계 어디를 가나 유수한 도서관에 빽빽이 장서들이 꽂혀 있다. 같은 시간에 같은 시대를 사는 전 세계의 많은 이들이, 삶의 모퉁이에서 지혜를 구하거나, 지식을 찾을 땐 결국 책을 찾아온다는 것이다. 아무리 세월이 흐르고, 디지털의 시대가 되고, 로봇화가 된다 해도 종이를 한 장, 한 장 넘기며 지식을 담는 이 도서관은 사라지지 않았으면 좋겠다. 만약 지구가 멸망하고 새로운 우주 시대가 와도, 문어발을 가진 외계인이 도서관에 들어서며 활자로 인쇄된 종이책의 향기를 느꼈으면 좋겠다.

끝으로, 늘 꿈을 꾸기만 하고 이루는 것까지 시도를 못하던 내게 기회를 주신 '이은대' 작가님과 친구 '황순회'에게 감사의 말씀을 전한다.